EL HEREDERO SECRETO DEL JEQUE

ANNIE WEST

Editado por Harlequin Ibérica.
Una división de HarperCollins Ibérica, S.A.
Núñez de Balboa, 56
28001 Madrid

I.S.B.N.: 978-84-687-9534-8
Depósito legal: M-3386-2017
Impresión en CPI (Barcelona)
Fecha impresión para Argentina: 16.10.17
Distribuidor exclusivo para España: LOGISTA
Distribuidores para México: CODIPLYRSA y Despacho Flores
Distribuidores para Argentina: Interior, DGP, S.A. Alvarado 2118.
Cap. Fed./Buenos Aires y Gran Buenos Aires, VACCARO HNOS.

Capítulo 1

PERMITE que sea el primero en felicitarte, primo. Que tanto tu princesa como tú seáis felices el resto de vuestras vidas.

Hamid sonrió con tal benevolencia que Idris no pudo evitar imitarlo. No tenían una relación demasiado estrecha, pero Idris había echado de menos a su primo cuando sus vidas se habían separado, Idris se había quedado en Zahrat mientras que su primo había estudiado en el Reino Unido.

–Todavía no es mi princesa, Hamid –le dijo Idris en voz baja, consciente de que estaban rodeados por varios cientos de invitados importantes, deseosos de tener noticias de su próxima boda.

Hamid se mostró sorprendido al oír aquello.

–¿He dicho algo inadecuado? Había oído...

–Has oído bien –le dijo Idris, suspirando.

Tenía que hacer un esfuerzo por mantener la calma cada vez que pensaba en la boda.

Nadie lo obligaba a casarse. Era el jeque Idris Baddour, rey de Zahrat, defensor de los débiles y de su nación. Su palabra era ley en su propio país y también allí, en la lujosa embajada de Londres.

No obstante, él no había elegido casarse. El matrimonio lo había elegido a él. Era necesario para cementar la estabilidad de la región, para asegurar la línea sucesoria. Respetaba las tradiciones de su pueblo. Había mucho en juego con aquella boda.

Había resultado complicado realizar cambios en Zahrat y con su disposición a comprometerse con la persona adecuada se ganaría a las últimas personas de la vieja guardia que se habían opuesto a las reformas. Había llegado al trono con veintiséis años y muchos habían pensado que era demasiado pronto, pero cuatro años después tenían otra opinión. No obstante, sabía que podía conseguir con aquella boda lo que la diplomacia no había logrado.

–Todavía no es oficial –le murmuró a Hamid–. Ya sabes lo despacio que avanzan las negociaciones.

–Eres un hombre afortunado. La princesa Ghizlan es una mujer bella e inteligente. Será la esposa perfecta para ti.

Idris miró a la mujer que era el centro de la atención muy cerca de allí. Estaba radiante con un traje de fiesta rojo que se ceñía a su perfecta figura. Era la fantasía hecha realidad de cualquier hombre. Además, tenía un conocimiento muy arraigado de la política de Oriente Medio, era encantadora y muy educada. Idris sabía que era cierto, era un hombre afortunado.

Era una pena que no se sintiese así.

Ni siquiera la idea de hacer suyo aquel cuerpo lo excitaba.

Llevaba demasiadas horas metido en las negociaciones de paz con los dos complicados países vecinos, demasiadas tardes buscando estrategias para implementar reformas en una nación que todavía estaba poniéndose al día con el siglo XXI.

Y antes de aquello había tenido demasiados encuentros sexuales vacíos, con mujeres que no le habían importado.

–Gracias, Hamid. Tienes razón, estoy seguro.

Ghizlan era la hija del gobernante del país vecino y eso implicaba sellar la paz a largo plazo. Como futura madre de sus hijos, su valor era inestimable. Aquellos niños asegurarían la estabilidad en el reino, que no se repitiesen los disturbios acontecidos después del fallecimiento de su tío, que no había tenido hijos.

Idris se dijo que aquella falta de entusiasmo se evaporaría en cuanto compartiese cama con Ghizlan. Intentó imaginar su pelo negro sobre la almohada, pero su imagen insertó una melena rubia y rizada.

–Tendrás que venir a casa para la ceremonia. Será estupendo tenerte allí un tiempo y así podrás salir de este lugar tan frío y gris.

Hamid sonrió.

–Tu opinión no es imparcial. Inglaterra tiene muchas cosas buenas.

–Por supuesto, es un país admirable –comentó Idris, mirando a su alrededor al recordar que alguien podía oírlos.

Hamid se echó a reír.

–Tiene mucho a su favor –comentó–. Incluida una mujer muy especial. Alguien a quien quiero presentarte.

Idris abrió mucho los ojos. ¿Tendría Hamid una novia formal?

–Debe de ser alguien fuera de lo normal.

Si había algo que se les daba bien a los hombres de la familia era evitar el compromiso. Él mismo lo había hecho hasta que las necesidades políticas lo habían obligado a lo contrario. Su padre había tenido muchas aventuras, incluso después de casarse. Y su

tío, el anterior jeque, había estado tan ocupado divir-
tiéndose con sus amantes que no había podido engen-
drar un hijo con su esposa.

–Lo es. Lo suficiente como para hacer que me
plantee mi vida.

–¿También es una intelectual, como tú?

–Nada tan aburrido.

Idris sabía que Hamid vivía para sus investigacio-
nes. Y que por eso no le habían dado el trono cuando su
tío había fallecido. Todo el mundo, Hamid incluido,
reconocía que se concentraba demasiado en estudiar la
historia como para gobernar un país.

–¿Y voy a conocerla esta noche?

Hamid asintió, se le iluminó la mirada.

–Ha ido a refrescarse antes de... Ah, ahí está –añadió, señalando hacia la otra punta del salón–. ¿No es
preciosa?

Idris siguió la mirada de su primo y se preguntó si
se referiría a la mujer alta y castaña, o a la rubia esbelta, envuelta en diamantes y perlas. No podía ser la
que estaba riéndose a carcajadas y llevaba unos pendientes enormes.

Varias personas se movieron y entonces vio un
vestido de seda verde claro, una piel blanca como la
leche y un pelo que brillaba como el cielo al amanecer, con rayos dorados y rosas al mismo tiempo.

Se le aceleró el pulso y se le cortó la respiración.
Sintió una sensación que le era familiar en el vientre.
Notó que le picaba la nuca.

Entonces volvieron a taparla un par de hombres.

–¿Cuál es? –preguntó.

Sintió por un segundo algo que hacía años que no
sentía, una atracción tan fuerte que no podía ser real.

Pensó en la única amante a la que no había conseguido olvidar jamás.

Pero la mujer a la que había conocido había tenido el pelo rizado, no liso, ni recogido en un apretado moño.

–Ahora no la veo. Iré a buscarla –dijo Hamid, sonriendo–. Salvo que quieras descansar un rato de formalidades.

Según la tradición, el rey recibía a sus invitados sentado en su trono, subido a una tarima, para las audiencias formales. Idris estuvo a punto de decir que esperaría allí cuando se preguntó cuánto tiempo hacía que no se daba el lujo de hacer lo que le apeteciese.

Miró a Ghizlan, que estaba charlando con varios políticos. Como si hubiese sentido su mirada, esta levantó la vista, sonrió un instante y continuó con la conversación.

No cabía duda de que sería la reina adecuada. No exigiría su atención como habían hecho tantas examantes.

Idris se giró hacia Hamid.

–Vamos, primo. Estoy deseando conocer a la mujer que ha capturado tu corazón.

Avanzaron entre la multitud hasta que Hamid se detuvo delante de la mujer de verde, con la piel cremosa y el pelo rubio, la figura delicada. Idris se fijó en cómo se le pegaba el vestido a las caderas y el trasero.

Se quedó inmóvil, con la sensación de que ya había estado allí antes. Dejó de oír las conversaciones a su alrededor, se le nubló la vista.

Sus labios carnosos.

Aquella nariz recta.

El esbelto cuello.

Se dio cuenta de que la conocía, de que la recordaba mejor que a ninguna otra mujer que hubiese pasado por su vida.

Y sintió náuseas solo de pensar en aquella coincidencia.

La idea de que aquella mujer perteneciese a Hamid lo puso furioso

–Aquí está por fin. Arden, me gustaría presentarte a mi primo Idris, jeque de Zahrat.

Arden sonrió e intentó no mostrarse impresionada porque estaba conociendo al que sería su primer y último jeque. Ya se había puesto muy nerviosa al saber que iba a asistir a una recepción llena de personas importantes.

El rostro del jeque parecía esculpido por los vientos del desierto. Tenía los pómulos marcados y unos labios firmes, pero muy sensuales. Tanto la nariz como la mandíbula eran fuertes. Y el ángulo de sus oscuras cejas la intimidó. Lo mismo que las aletas de su nariz, que se habían movido como si el jeque hubiese olido algo inesperado.

Sorprendida, notó que se le doblaban las rodillas.

Aquellos ojos...

Eran oscuros como una tormenta de medianoche y la miraron fijamente mientras se agarraba al brazo de Hamid. Después se clavaron en los de ella, con desdén.

Arden se puso nerviosa, se dijo que no era posible. No podía ser.

Por mucho que su cuerpo le dijese lo contrario, no era posible que conociese a aquel hombre.

No obstante, su cerebro no atendía a razones. Le aseguraba que era él. El hombre que le había cambiado la vida.

Sintió calor de la cabeza a los pies, solo un instante, entonces se quedó helada.

Se aferró al brazo de Hamid con desesperación mientras se le nublaba la vista. Era como si hubiese salido del mundo real para entrar en una realidad alternativa, en la que los sueños se hacían realidad, pero tan distorsionados que casi eran irreconocibles.

No era él. No podía ser. Bajó la vista a su cuello. ¿Ya había tenido aquella cicatriz allí?

Por supuesto que no. Aquel era un hombre más duro, mucho más intimidante que Shakil. Seguro que no sabía sonreír de manera encantadora.

No obstante, deseó preguntarle si podía quitarse el traje y la corbata para comprobar si tenía una cicatriz que se había hecho montando a caballo.

—Arden, ¿estás bien? —le preguntó Hamid, preocupado, agarrándole la mano.

Aquello la hizo volver a la realidad. Apartó la mano de la suya y puso las rodillas rectas.

Aquella noche se había dado cuenta de que Hamid pensaba que eran más que amigos. Ella no podía permitir que se hiciese ilusiones, por muy agradecida que se sintiese con él.

—Estoy... —empezó, aclarándose la garganta, dudando—. Voy a estar bien.

No obstante, siguió mirando al otro hombre que tenía delante como si fuese una especie de milagro.

Entonces se dio cuenta de que no podía ser Shakil. Si hubiese sido Shakil, no habría sido un milagro, sino otra lección que le daba la vida. Un hombre que la había utilizado para después deshacerse de ella.

—Encantada de conocerlo, Alteza —le dijo—. Espero que esté disfrutando de su estancia en Londres.

Demasiado tarde, se preguntó si debía hacer una

reverencia. ¿Lo habría ofendido? Parecía muy tenso, como si estuviese preparado para una batalla, no en una recepción.

Se hizo el silencio, el jeque no respondió. Y ella frunció el ceño. A su lado, Hamid inclinó la cabeza bruscamente hacia el jeque.

—Bienvenida a mi embajada, señorita...

«Aquella voz. Tenía la misma voz».

—Wills. Arden Wills —dijo Hamid.

Arden no podía hablar, de repente, no podía ni respirar.

—Señorita Wills —terminó el jeque.

Y Arden creyó ver confusión en sus ojos oscuros, pero no fue capaz de asimilarlo porque estaba demasiado ocupada pensando que el primo de Hamid se parecía demasiado a Shakil. O a un Shakil mucho más serio y unos años mayor.

Aquel hombre tenía el rostro más delgado, lo que acentuaba su estructura ósea. Y su expresión era adusta, mucho más dura que la que había visto jamás en Shakil. Shakil había sido un amante, no un guerrero y aquel hombre, a pesar de ir vestido de manera occidental, daba la sensación de estar subido a un caballo, galopando hacia la batalla.

Arden se estremeció y, con manos temblorosas, se tocó los brazos.

Él dijo algo. Ella vio que se movían sus labios, pero no entendió sus palabras.

Parpadeó, se inclinó hacia delante, se puso recta, atraída muy a su pesar por su mirada de terciopelo negro.

Hamid la agarró.

—Lo siento. No debí insistir en que vinieses esta noche. Estás demasiado débil.

Arden se puso tensa al ver que el jeque tomaba aire bruscamente. Hamid era su amigo, pero nada más. Además, hacía mucho tiempo que a ella no le apetecía que la tocase ningún hombre.

—Estoy perfectamente —murmuró.

Se había recuperado de la gripe, pero esta le daba la excusa perfecta para estar un poco aturdida y débil.

Se apartó un paso de Hamid y volvió a mirar al jeque a los ojos. No era posible. Shakil había sido un estudiante, no un jeque.

—Gracias, Alteza. Es una fiesta preciosa.

Nunca había tenido tantas ganas de marcharse de un sitio.

—¿Está segura, señorita Wills? Me da la sensación de que se tambalea.

Ella sonrió de manera tensa.

—Gracias por su preocupación. Es solo cansancio después de una semana muy larga —comentó, ruborizándose—. Lo siento, pero me temo que lo mejor será que me marche. No te preocupes, Hamid, puedo volver a casa sola, estaré bien.

Pero Hamid no iba a permitir aquello.

—A Idris no le importa que me marche contigo, ¿verdad, primo?

Y sin esperar a su respuesta, continuó:

—Te acompañaré a casa y después volveré.

Arden vio con el rabillo del ojo cómo el jeque arqueaba las cejas, pero no le preocupó ofenderlo, le preocupaba más cómo hacer entender a Hamid que su repentino interés no era recíproco sin herir sus sentimientos.

También le preocupaba mucho que el jeque Idris se pareciese tanto al hombre que le había cambiado la vida.

Y, sobre todo, que después de cuatro años siguiese deseando tanto a aquel hombre.

Pasar la noche en vela no le vino nada bien a Arden. Tenía que haberse alegrado de que fuese domingo, el único día de la semana que podía dormir en vez de ir a trabajar a la floristería, pero lo cierto era que habría preferido lo segundo.

Cualquier cosa con tal de distraerse de las preocupaciones que había empezado a tener la noche anterior. Y, sobre todo, de los recuerdos que le habían impedido pegar ojo.

La vida le había enseñado los peligros del deseo sexual, y de enamorarse. O de pensar que podía ser especial para alguien.

Durante los cuatro últimos años había pensado que era tonta e ingenua, y la realidad le había demostrado que estaba en lo cierto. Aun así, no había podido impedir deseo al mirar a los ojos del jeque Idris de Zahrat.

Todavía en esos momentos, a la luz del día, una parte de ella seguía estando convencida de que era Shakil. Un Shakil que tal vez hubiese sufrido un traumatismo craneoencefálico y la hubiese olvidado. Un Shakil que se había pasado años buscándola desesperadamente, sin fijarse en ninguna otra mujer.

«Seguro. Y el hada madrina llegará de un momento a otro con la barita y el carruaje».

Shakil podría haberla encontrado si hubiese querido hacerlo. Ella no le había mentido acerca de su identidad.

Él había disfrutado seduciendo a una joven inglesa, soñadora e inocente, en sus primeras vacaciones al extranjero.

Arden se estremeció y se frotó los brazos con ambas manos.

Tenía que dejar de soñar. Pensó que Hamid le había recordado a alguien la primera vez que lo había visto, en el Museo Británico, y que la había atraído con su sonrisa amable y su modestia a la hora de hablar de aquella exposición en la que se exhibían botellas de perfume y joyas, antigüedades de Zahrat.

Le había recordado a Shakil. Un Shakil más callado, más reservado. ¿Era posible que le ocurriese lo mismo con el jeque, que era su primo? Tal vez el pelo oscuro, las facciones marcadas y los anchos hombros fuesen rasgos comunes a todos los hombres de aquel país.

No quería conocer a más hombres de Zahrat en toda su vida. Ni siquiera quería saber nada de Hamid, que había pasado de ser su amigo a postularse a novio. ¿Cómo era posible que no lo hubiese visto venir?

Apretó la mandíbula, tomó un jersey viejo y se lo puso. Luego abrió con cuidado el armario de la limpieza para no hacer ruido. Al menos, si era la única despierta, podría pensar qué hacer acerca de Hamid y su repentina posesividad.

Salió a la calle con un trapo y un bote de cera en la mano. Siempre pensaba mejor mientras trabajaba. Frotó el pomo de la puerta y el buzón.

Acababa de empezar cuando oyó que unos pasos descendían las escaleras de la casa principal que había encima de su casa, que estaba en el sótano. Unos pasos de hombre. Arden se concentró en la limpieza, diciéndose que no estaría tranquila hasta que no supiese que Hamid se había marchado.

–Arden –dijo una voz baja y suave.

Ella parpadeó y clavó la vista en la pintura negra de

la puerta. Se lo estaba imaginando. Se había pasado toda la noche pensando en el jeque y...

Oyó pisadas en las escaleras que llevaban al pequeño jardín que había delante de su casa.

Se puso tensa. Aquello no eran imaginaciones suyas.

Se giró y la lata de cera golpeó las baldosas del suelo.

Capítulo 2

UNOS ojos enormes lo miraron. Unos ojos tan brillantes como dos preciosas aguamarinas de su tesoro real. Unos ojos de un verde azulado tan claro como el mar de Zahrat.

¿Cuántas veces, a lo largo de los años, había soñado con aquellos increíbles ojos? Con un pelo dorado con reflejos rosas, que caía en hondas sobre sus blancos hombros.

Por un instante, Idris solo pudo mirarla. Se había preparado para el encuentro. Había anulado el desayuno con Ghizlan y con sus respectivos embajadores para ir allí, pero el deseo que sintió al ver a Arden Wills se burló de él. Había pensado que podría controlar la situación.

¿Dónde había ido a parar su autocontrol? ¿Cómo podía desear a una mujer que le pertenecía a otro? ¿A su propio primo?

¿Dónde estaba su sentido común? ¿Qué hacía allí?

Idris ya no se comportaba de manera impulsiva. Ni egocéntrica. Hacía años de aquello. Pero había sido impulsivo y egocéntrico al ir allí.

Aquello lo enfadó.

—¿Qué hace aquí? —preguntó ella con voz ronca.

Y él recordó cómo había gritado su nombre al llegar al clímax, cómo le había hecho sentirse en tan poco tiempo.

¿Cómo podía tener tan frescos aquellos recuerdos?

Solo había sido una aventura de verano, como tantas otras. ¿Por qué aquella era diferente?

Porque había sido diferente. Por primera vez en su vida, había pensado en la posibilidad de continuar con ella después. No había querido separarse de Arden tan pronto.

—Hamid no está —dijo ella, agarrándose los dedos con nerviosismo.

E Idris sintió satisfacción. No era el único que estaba tenso.

—No he venido a ver a Hamid —respondió.

Aquellos ojos grises se hicieron enormes en un rostro que parecía todavía más blanco que antes. Hamid había dicho de ella que estaba delicada. ¿Estaría embarazada? ¿Era ese el motivo por el que parecía que se la iba a llevar un soplo de viento?

Idris sintió celos, se sintió furioso, aunque no tuviese ningún motivo. Le daba igual no tenerlo. A las cuatro de la madrugada había decidido que no iba a seguir diciéndose que no sentía nada por Arden Wills. Era un hombre pragmático. Lo cierto era que sí sentía. Y estaba allí para averiguar el motivo y, después, para ponerle fin.

—Deberías sentarte. No tienes buen aspecto.

—Estoy perfectamente —respondió ella, cruzándose de brazos y haciendo que Idris se fijase en sus pechos, que le parecieron cambiados, todavía más...—. Eh, que estoy aquí.

Arden le pasó una mano por delante de la cara y él sintió vergüenza por primera vez en la vida. Se ruborizó. No estaba acostumbrado a aquella sensación.

Cuando levantó la vista se dio cuenta de que ella también estaba sonrojada. ¿Sería enfado? ¿Vergüenza? ¿O algo parecido a la atracción que sentía él, muy a su pesar?

—He venido a verte —le dijo en tono posesivo, no pudo evitarlo.

—¿A mí? —preguntó ella extrañada.

—A ti. ¿Podemos entrar?

Ella descruzó los brazos, pero los dejó despegados del cuerpo, como si no quisiese dejarlo pasar.

—No. Podemos hablar aquí.

Idris frunció el ceño.

—Estoy seguro de que en Inglaterra también invitáis a la gente a entrar en casa.

—Yo prefiero estar fuera. Es... mejor —insistió Arden, dando un paso atrás.

A Idris no le gustó la respuesta. ¿Tendría miedo Arden a estar a solas con él?

—Tengo una llave de la casa de Hamid, si quiere que le abra la puerta. Dado que es su primo, estoy segura de que no le importará.

Idris clavó la vista en la puerta negra que había un piso por encima de ellos, y después miró la que había detrás de Arden, dándose cuenta, por primera vez, que también tenía un número y una pequeña letra A al lado. No pudo evitar sentirse aliviado.

—¿Vives aquí abajo? ¿No vivís juntos?

—No vivimos juntos. Hamid es mi casero.

Lo que no significaba que no fuesen amantes. Porque a Hamid, a pesar de gustarle la historia y los libros viejos, también le gustaba un rostro bonito y un cuerpo de mujer. Además, su actitud la noche anterior con respecto a Arden había sido inequívoca, le había hablado de una mujer especial.

—He venido a verte a ti.

Ella sacudió la cabeza y su pelo se movió al hacerlo. La noche anterior lo había llevado recogido, pero aquella era la mujer a la que él recordaba.

—¿Por qué?

Idris se preguntó si se estaría haciendo la tonta.

—Tal vez para hablar de los viejos tiempos.

Ella se dejó caer sobre la puerta, su gesto era de sorpresa.

—¡Eres tú! El mismo de Santorini.

—¿Pensabas que era otro? ¿No te acordabas de mí?

Era imposible. Tal vez él hubiese tenido más amantes de las que podía recordar, pero la idea de que Arden Wills no se acordase de él era inconcebible.

Sobre todo, porque él la recordaba a la perfección después de cuatro años.

—Pensé... —empezó Arden con el ceño fruncido—. ¿Cómo vas a ser un jeque? Eras estudiante.

—Acababa de terminar mis estudios en Estados Unidos cuando nos conocimos. Y con respecto a lo de jeque... —le explicó, encogiéndose de hombros—. Mi tío falleció y era su deseo que yo lo sucediese.

Parecía sencillo, pero no lo había sido. Era un hombre distinto al de cuatro años antes. La responsabilidad lo había transformado. Aquella mañana era la primera vez en mucho tiempo que había hecho algo solo porque le apetecía. Su secretaria lo había mirado con incredulidad cuando le había hecho cambiar la agenda.

Idris se acercó un paso a ella y aspiró el olor a abrillantador de metal y a azahar, un olor que todavía recordaba.

—Vamos a continuar la conversación dentro.

—¡No!

A Idris le sorprendió la respuesta y, aún más, verla temblar.

Tal vez fuese el jeque de su país, pero no era de esos hombres que intimidaban deliberadamente a las mujeres.

–No tengo nada de qué hablar con usted, Alteza –le dijo Arden.

Él frunció el ceño y se dio cuenta de que, a pesar de lo mucho que habían compartido, había muchas cosas que no sabía de ella.

–¿Tienes algún problema con la realeza?

–Con la realeza, no, con los hombres mentirosos, sí.

Idris se agarró las manos y apretó la mandíbula. No estaba acostumbrado a que le llevasen la contraria, mucho menos a que lo insultasen. Y por si fuera poco estaban teniendo aquella conversación en la calle.

Deseó agarrar a la mujer que tenía delante y meterla dentro de la casa, pero supo que no debía hacerlo. Había ido allí a satisfacer su curiosidad y a poner fin al asunto pendiente que había entre ambos.

Estaba a punto de casarse con una bella y bien emparentada princesa. Había dos países esperando su unión. Sabía que tener una relación con Arden Wills sería un enorme error.

Por mucho que lo tentase la idea.

–Nunca te mentí –aseguró entre dientes.

–¿No? Entonces, ¿no eres el jeque Idris? ¿En realidad te llamas Shakil?

–Ah.

Se le había olvidado aquello.

–Sí. ¡Ah! –lo acuso ella, reprendiéndolo con la mirada.

Era la primera vez que alguien lo miraba así.

–Utilicé el nombre de Shakil cuando nos conocimos porque...

–Porque no querías que te encontrase después –espetó Arden–. No tenías ninguna intención de cumplir la promesa de que volveríamos a vernos, ¿verdad? Ya habías tenido lo que querías.

–¿Me estás acusando de mentir?

Nadie había dudado nunca antes de su palabra.

Arden se cruzó de brazos y levantó la barbilla.

–Dímelo tú.

Él se acercó más y se arrepintió al instante.

–Shakil era como me llamaban en casa. Pregúntaselo a Hamid.

Significaba «guapo» y no le gustaba que lo llamasen así, pero cuando había conocido a Arden le había resultado práctico utilizar aquel nombre. Respiró hondo.

–Utilicé ese nombre durante las vacaciones para evitar ser reconocido. No quería que la prensa estuviese pendiente de mí. Fui Shakil para todas las personas a las que conocí en aquel viaje, no solo para ti.

Se había sentido deliciosamente libre en Grecia sin que nadie se fijase en él. Y le había encantado que Arden le sonriese en aquel bar de Santorini sin saber quién era.

Por eso era normal que recordase su aventura como algo especial.

No obstante, a ella no la veía muy convencida.

–Y con respecto a la cita de la última tarde... no me puedes culpar de nada, porque tú no apareciste.

Había estado con ella cuando había recibido una llamada urgente. De vuelta a su hotel, se había enterado del infarto de su tío y de que estaba muy grave.

No había podido ir al encuentro de Arden, a pesar de que le había propuesto que después irían juntos a

París. Ni podía ir a París en esas circunstancias, ni podía tener una amante, lo necesitaban en casa.

—¿Tú fuiste? –le preguntó ella casi sin aliento.

—Tuve que volver a casa urgentemente, pero envié a alguien.

Ella apoyó la cabeza en la puerta, cerró los ojos e hizo una mueca. Su expresión era de dolor.

—¿Estás bien?

—Estoy bien –respondió, abriendo los ojos.

No parecía estarlo. Parecía... Idris no supo cómo calificarlo, pero sintió que se le encogía el corazón.

—No debió de esperar mucho.

—¿Perdón?

—Tu amigo, que no debió de esperar mucho.

—¿Estás diciendo que fuiste a la cita?

Idris se preguntó si había ido para decirle adiós o para aceptar su invitación a ir a París con él.

—Llegué tarde.

Él estuvo a punto de preguntarle el motivo. ¿Se habría arrepentido en el último momento?

Pero decidió no decir nada. Lo hecho, hecho estaba.

Salvo que era evidente que seguía habiendo algo entre ellos.

Arden Wills no iba vestida para seducirlo. Llevaba un jersey verde oscuro, ancho, y unos vaqueros viejos. No iba maquillada. Pero el pelo la envolvía como un halo a una modelo prerrafaelita. Hacía que Idris desease olvidarse de sus obligaciones, que desease apretarla contra su cuerpo.

—Entonces, ¿qué es lo que quieres?

—¿Perdón? –preguntó él.

—¿Por qué has venido, si no ha sido a ver a tu primo? Seguro que no has venido a charlar conmigo.

–¿Por qué no? Sentí... curiosidad por ti. ¿Cuánto tiempo ha pasado? ¿Cuatro años? –fingió, como si no se acordase.

Se había convertido en rey de Zahrat aquella misma semana.

–Ha habido muchos cambios en las vidas de ambos.

Ella se quedó inmóvil, casi inexpresiva.

E Idris supo al instante que allí pasaba algo. Arden le estaba ocultando algo. Posó la vista en la puerta que había detrás de ella. ¿Qué querría ocultarle? Tal vez no viviese sola en aquel agujero. ¿Tendría un amante?

La idea lo enfadó, pero intentó respirar con normalidad.

–No te quiero aquí –le dijo ella.

Él tomó su mano y la deseó todavía más.

–No suenas convincente.

–Es la verdad –insistió.

Pero le había temblado la voz e Idris se acordó de la primera noche que habían pasado juntos. Lo había mirado con los ojos muy brillantes, con admiración, hasta que el éxtasis le había nublado la vista.

Le acarició el dorso de la mano con el pulgar y Arden se estremeció. Tenía las manos pequeñas, pero fuertes. Idris recordó cómo, según había ganado en confianza, Arden se había vuelto tan exigente como él, cómo había explorado su cuerpo, lo había acariciado y lo había hecho llegar al límite con su generosa pasión.

Había hecho que Idris se saltase sus propias normas y que la invitase a acompañarlo a Francia de vacaciones porque una semana juntos no había sido suficiente.

Idris se obligó a volver al presente. Oyó el sonido

de un coche en la distancia. Estaba en Londres, iba a casarse. Pensó en el tratado de paz entre su país y el de Ghizlan.

No debía estar allí. Él solo vivía para sus obligaciones, no había lugar para distracciones.

Un segundo más y retrocedería.

Pero antes necesitaba que Arden reconociese lo que había entre ambos. Incluso después de tanto tiempo. No era posible que solo sintiese aquel deseo él. El orgullo le exigía una prueba de que Arden sentía lo mismo.

–Tienes que marcharte. No me obligues a gritar para pedir ayuda –le dijo ella, echando la cabeza hacia atrás y apoyándola en la puerta, como para alejarse más, pero su mano la había traicionado y se había metido por debajo de la solapa de la chaqueta de Idris, le estaba agarrando la camisa.

El calor de esa mano le llenó el pecho, pero contuvo el impulso de agarrársela.

–Te he dicho que me dejes en paz –continuó Arden, calentándole la barbilla con el aliento.

Idris se imaginó sintiendo su dulce aliento en otras partes del cuerpo. Necesitaba poner freno a su excitación.

Estaba en Londres, en la calle.

Se sintió furioso. Con aquella mujer. Y con su propio cuerpo que no le obedecía por primera vez desde que tenía memoria.

–Es evidente que no te has dado cuenta, pero no te estoy tocando. Eres tú la que me estás tocando a mí –comentó.

Arden parpadeó, apartó la mirada de su boca y la bajó al pecho.

Sintió calor en las mejillas al ver su mano agarrándolo, como si no soportase la idea de dejarlo marchar. Como si, después de tanto tiempo, ni siquiera el hecho de que Idris la hubiese dejado sin despedirse no hubiese apagado la pasión que sentía por él.

Aunque, si era cierto lo que le había contado, en realidad había tenido un motivo para marcharse así.

Tal vez no la hubiese traicionado, como Arden había pensado.

Deseó contarle ella también la verdad, una verdad que no se había atrevido a compartir con él en cuatro años, pero prefirió ser cauta.

Necesitaba pensar, estar sola.

Apartó la mano y la apoyó en la puerta que tenía detrás. Eso era lo que necesitaba. Tenía que recordar dónde estaban y lo que había en juego. No podía arriesgarse a revelar demasiado.

–Te tienes que marchar. Esto no está bien –le dijo, con el pecho encogido, casi sin poder respirar.

Vio en el rostro de Idris algo que parecía ira, pero este no se movió.

Arden empezó a sentirse desesperada. Quería contárselo todo, en ese momento, para poder así liberarse, pero llevaba toda una vida aprendiendo a ser independiente. Siempre soportaba sus cargas sola.

–Ambos hemos seguido con nuestras vidas, Shakil.

Aquello fue como evocar el pasado con una sola palabra.

–Idris –se corrigió rápidamente.

–¿Estás con Hamil? –preguntó él en voz baja–. ¿Te da miedo que tu amante nos vea juntos?

–No seas ridículo –espetó ella.

–¿Ridículo? ¿Me estás llamando ridículo?

Idris apoyó la mano en su nuca y a ella le ardió la piel y tuvo que humedecerse los labios con la lengua. Se estremeció, notó que le pesaban los párpados.

Tragó saliva de manera compulsiva y se obligó a apartarse de la puerta, aunque eso significase rozarlo a él.

–No pretendía...

–Por supuesto que sí –la interrumpió Idris haciendo una mueca–. Tienes razón. Es ridículo. Es imposible e inadecuado... e inevitable.

Arden todavía estaba asimilando sus palabras cuando Idris inclinó la cabeza.

Su beso fue tal y como lo recordaba, apasionado, pero dulce. Tuvo la sensación de que buscaba con él la respuesta a una pregunta que no había llegado a formular.

Shakil. Su sabor era delicioso. Era el único recuerdo que no había conseguido guardar durante aquellos años y en esos momentos la llenó, era adictivo.

Casi sin darse cuenta apoyó las manos en su pecho y se sintió bien al darse cuenta de que él también tenía el corazón acelerado.

La había agarrado por la cintura y apretado contra su fuerte cuerpo, que la hacía sentirse muy femenina. Casi se le había olvidado aquella sensación.

Y seguía besándola. Ya no lo hacía con suavidad. Lo oyó gemir y sus lenguas se unieron.

Idris cambió de postura y a ella le encantó que su pecho rozase los de ella. Se apretó más contra su cuerpo y disfrutó de la sensación de tener su erección empujándole el vientre.

Arden abrió los ojos y se encontró con los suyos, que parecían desprender fuego oscuro. Entonces, por encima del hombro de Idris vio como un destello de luz a la altura de la calle. Eso la hizo volver a la realidad.

–No –susurró.

Y tuvo que empujarlo con todas sus fuerzas para que levantase la cabeza. Lo vio parpadear, confundido, y pensó que aquello debía hacer que se sintiese mejor, pero lo cierto era que después de cinco minutos en compañía de aquel hombre todas sus defensas se habían venido abajo.

–No –repitió–. Esto no está bien. No podemos...

No hizo falta que continuase. El jeque Idris de Zahrat estaba completamente de acuerdo con ella. Su gesto era de horror y lo vio pasarse una temblorosa mano por el rostro mientras sacudía la cabeza como si se estuviese preguntando qué había hecho.

Tampoco tuvo que volver a empujarlo. Él mismo dio un paso atrás y Arden sintió que acababa de quedarse sola.

Con el corazón acelerado, clavó la vista en el rostro moreno del hombre al que había adorado. Un hombre que, en esos momentos, la estaba mirando como si se tratase de su peor pesadilla.

Desesperada, apoyó las manos en la puerta que tenía detrás para mantenerse en pie.

A pesar de todo, de la ira, el dolor y la traición que habían forjado su vida en los últimos cuatro años, siempre había tenido la esperanza de volver a verlo y que admitiese que había cometido un terrible error al marcharse, que la había echado de menos, que la deseaba como ella lo había echado de menos y lo deseaba.

En sus sueños él jamás la había mirado así, horrorizado.

A Arden le dolió el pecho.

Dio un grito ahogado, se giró, abrió la puerta y se encerró en su santuario. Luego apoyó la espalda en la puerta y se sentó en el suelo, se abrazó las rodillas y se puso a llorar.

Capítulo 3

ALTEZA, ¿me permite?

Idris levantó la vista de los papeles que había sobre el escritorio del embajador. Su asistente, Ashar, estaba en la puerta, con gesto inexpresivo. Y eso, tal y como Idris había aprendido durante los primeros y turbulentos años de su mandato, era mala señal.

«Por favor, que no se haya vuelto a retrasar el tratado de paz y de comercio», pensó.

Se giró hacia el embajador, que ya se estaba poniendo de pie.

—Si me disculpa, Alteza, iré un momento a ver si tenemos noticias de ese nuevo proyecto de inversión...

Idris asintió.

—Gracias.

Cuando el embajador se hubo marchado, Ashar entró en la habitación y cerró la puerta tras de él. En silencio, dejó una tablet encima de la mesa.

El jeque se desinhibe en Londres y prueba las exquisiteces locales.

Debajo del titular había una fotografía. Un primer plano de Idris besando a Arden Wills.

Idris se quedó sin aire, como si acabasen de darle un golpe en el estómago.

Se maldijo. Había sabido desde el principio que ir a casa de Arden era un error. Esta le había dicho que se marchase de allí, pero ¿qué había hecho él? ¿Se había comportado como el hombre sensato y prudente que era y había vuelto a la embajada? No, había reaccionado como un... como un...

Se quedó sin palabras.

Y lo peor era que todavía recordaba el sabor dulce de sus labios y la sensación de tener su cuerpo suave apretado contra el de él.

–Hay más.

Por supuesto. Se dedicaba veinticuatro horas al día a su país, pero por primera vez en cuatro años había hecho algo completamente egoísta e incomprensible, y allí estaba la prensa para convertir un grano de arena en una montaña.

Suspiró y se pasó la mano por el pelo.

–A ver si lo adivino, la princesa Ghizlan.

Pasó a la siguiente página y al siguiente titular:

El jeque infiel está con su prometida y con su amante en la misma ciudad.

Volvió a jurar. Había una foto suya con Ghizlan en la recepción de la embajada. Al lado, otra con Arden, con la mano apoyada en la nuca de esta, ella tenía los ojos cerrados y los labios entreabiertos, como si estuviese deseando que la besase. Como si no acabase de decirle que se marchase de allí.

Se excitó. Volvió a desear a aquella mujer a la que tenía que haber olvidado cuatro años antes. No podía olvidarla. No podía olvidar que lo había deseado a él, no había pensado en su dinero ni en sus contactos. Había sido ardiente, sincera y real. Había habido magia entre ellos y él quería más aunque supiese que no era posible.

Apartó la tablet y se puso en pie, se alejó del escritorio.

Aquello no podía llegar en peor momento. Para su país, y para el de Ghizlan.

¡Ghizlan! La había puesto en una situación muy comprometida.

—Llama a la princesa —dijo—. No. Mejor, contacta a su asistente y pídele una cita. Iré a su hotel inmediatamente.

Ashar no se movió de donde estaba.

—Todavía hay más.

—¿Más? ¿Cómo va a haber más? No ha habido nada más. Eso... —dijo, señalando la foto en la que tenía a Arden entre sus brazos—... es lo único que ha ocurrido.

Apretó tanto los dientes que pensó que se le iba a romper la mandíbula.

Se había repetido muchas veces que era mejor que su tío, el viejo jeque, que había desperdiciado su tiempo y energía con innumerables amantes en vez de gobernar. E incluso que su propio padre, que también había destruido a su familia y había perdido el respeto de su pueblo.

A Idris siempre le había enorgullecido dedicarse por completo a su país, anteponer el deber al placer. Había planeado casarse con Ghizlan por el bien de ambos países. Se había fijado siempre en el único hombre modélico de su familia, su abuelo. No había esperado amar a una única mujer en toda su vida, como había hecho este, pero sí había pretendido serle fiel a su esposa. ¡Y había empezado bien!

—Debería ver algo antes de hablar con la princesa —le dijo Ashar muy serio.

—Enséñamelo —le pidió Idris.

Ashar pasó la página y luego le tendió la tablet. Después, se dio la media vuelta.

A Idris le sorprendió el gesto de su asistente, que parecía querer darle algo de intimidad. Le entraron ganas de echarse a reír. Era un hombre que conocía tantos secretos como él, quizás más.

Entonces, bajo la vista a la pantalla y sintió que temblaba el suelo bajo sus pies.

Bebé real, y secreto. ¿A cuál de los dos primos sedujo Arden Wills?

En aquella ocasión había tres fotografías. Una de su primo Hamid entrando en la universidad con un maletín en la mano. Otra de Idris vestido de manera tradicional, en un acto público. Y la tercera, de Arden con un niño en brazos.

Idris estudió la fotografía. Arden estaba pendiente del niño, que daba de comer pan a unos patos. El niño tenía el rostro moreno, el pelo negro y los ojos oscuros.

Era un niño que se parecía mucho a él a aquella edad.

O a su primo.

Intentó leer lo que ponía debajo de la fotografía, pero no pudo. Parpadeó e intentó fijar la mirada, pero solo podía ver la fotografía y a Arden sonriendo a un niño que, sin lugar a dudas, pertenecía a la familia real de Zahrat.

Idris tuvo que hacer un esfuerzo para no dejarse caer en el sillón de cuero.

¿Cuántos años tenía el niño? Él no sabía nada de niños. ¿Dos? ¿Tres?

¿Podía ser suyo?

No podía ni pensar. Tenía que empezar a preparar una respuesta apropiada para todo aquello, tenía que pensar en las consecuencias y en hablar con su prometida.

Pero, en su lugar, se sintió posesivo.

Iba a casarse en parte para tener un heredero, por necesidad, no por deseo de ser padre. Su propio padre había sido distante con él e Idris no sabía mucho acerca de relaciones entre padres e hijos. Daba por hecho que su esposa se ocuparía de aquello.

No obstante, al mirar el rostro de aquel niño sintió un deseo de protegerlo que era nuevo en él. Aquel podía ser su hijo y la idea le cortó la respiración.

—¿Es niño o niña?

—Niño. Se llama Dawud.

No era un nombre inglés.

—Dawud —repitió él, con el corazón encogido.

Se preguntó por qué Arden no se había puesto en contacto con él, por qué le había guardado el secreto. La idea lo enfadó.

Salvo que el niño no fuese suyo.

Hamid le había dicho que Arden era alguien especial. Y vivía bajo su techo.

Pero, si el niño era de Hamid, ¿por qué no lo había reconocido? Tal vez Hamid fuese mujeriego, como el resto de hombres de la familia, pero también era serio. No eludía sus responsabilidades, sobre todo, no lo haría si Arden le importase.

Idris miró la fotografía e intentó encontrar la verdad en el rostro del niño.

Fue entonces cuando se dio cuenta de que le temblaba la mano. Y que lo que sentía no era mera curiosidad, sino más bien celos. Celos al pensar en Hamid y Arden.

Dejó la tablet en la mesa y se pasó una mano por el rostro.

¿Quería el escándalo de un hijo ilegítimo? ¿Un hijo del que se había perdido los primeros años de vida?

Era una locura.

Tomó el teléfono sin darse cuenta. Llamó a Hamid, pero este no respondió. Entonces recordó que su primo le había mencionado que se iba a una conferencia a Canadá. Debía de estar volando.

Idris se giró hacia Ashar.

—¿Algo más?

Este hizo una mueca.

—¿No le parece suficiente?

—Más que suficiente. Ponme con la princesa. Y manda a un equipo de seguridad a casa de mi primo.

—¿Para mantener alejada a la prensa? Demasiado tarde.

Independientemente de quién fuese el niño, Idris tenía la obligación de protegerlo tanto a él como a la madre de los fotógrafos. Al menos, hasta que averiguase la verdad.

—Y averigua a qué hora aterriza mi primo en Canadá. Quiero hablar con él lo antes posible. Que acuda alguien a recogerlo.

Arden oyó que llamaban a la puerta, pero hizo caso omiso y subió el volumen de la televisión para que Dawud oyese la música de su programa favorito. Estaba embelesado, balanceándose mientras aplaudía al ritmo de la canción.

Había llorado cuando los periodistas habían llegado a la casa y lo habían despertado de la siesta y Arden todavía estaba muy enfadada porque no había conseguido que se marchasen.

Les había pedido tranquila y educadamente que respetasen su intimidad y no había hecho ningún comentario a sus preguntas.

Pero no había sido suficiente. Habían querido ver a Dawud. Ya conocían su nombre y eso había dejado helada a Arden.

No iba a permitir que nadie se acercase a su hijo, así que había cerrado la puerta temblando, con las manos sudorosas.

Entonces se había girado y había visto a Dawud, que había observado la escena con los ojos muy abiertos y a punto de llorar.

Tenía que haber una manera de escapar de aquello, pero Hamid estaba en el extranjero y los amigos de Arden no tenían más recursos que ella. Nadie podría sacarlos de allí.

Se dijo que tenía que encontrar un lugar seguro al que ir hasta que todo aquello pasase. No sabía qué iba a hacer al día siguiente, cuando tuviese que ir a trabajar. Se preguntó si también la estarían esperando en la tienda o en la guardería de Dawud.

Probablemente, en ambos lugares. Sintió náuseas.

No tenía que haber ido a la recepción de la embajada. Jamás habría imaginado que se encontraría a Shakil allí, bueno, a Idris, pero había sido un signo de debilidad querer saber más acerca de su país.

«No es culpa tuya, sino de él. Fue él quién te besó, el que no quiso marcharse», se dijo.

Aunque, a decir verdad, aquellos momentos entre sus brazos habían sido mágicos, como si...

Llamaron a la puerta con fuerza y Arden se dio cuenta de repente que todo llevaba unos minutos en silencio, como si los periodistas se hubiesen marchados.

No era posible, seguro que era un truco para engañarla.

Sonrió a su hijo, que acababa de mirarla y estaba

cantando la letra de la canción que tantas veces habían cantado juntos. Se inclinó y lo abrazó.

Pero volvieron a llamar.

Le dio un beso en la cabeza a Dawud y se levantó para ir a la entrada. Una vez allí vio que se levantaba la trampilla del correo y a través de ella oyó una voz profunda, masculina.

–Arden, abre la puerta. He venido a ayudarte.

Ella fue incapaz de moverse. No sabía si aceptar la ayuda, sabiendo que se trataba del hombre que había causado todo aquel desastre.

Y lo peor era que, después de toda una noche sin dormir, todavía no sabía si lo quería en la vida de su hijo.

«No tienes elección».

Oyó un murmullo de voces de fondo, probablemente de los fotógrafos, pero Idris no volvió a hablar. Arden imaginó cómo se sentiría, allí solo, rodeado de periodistas.

Y se dijo que había ido a ayudarla.

Abrió la puerta solo el espacio suficiente para dejarlo entrar, escondiéndose detrás de ella.

Idris entró y volvió a cerrar. En aquel momento era, sin la menor duda, el jeque Idris. No había en él ni rastro del divertido y apasionado amante que había conocido en Santorini. El rostro de aquel hombre era bello, pero sombrío, parecía tallado en ébano.

–¿Estáis bien?

Arden asintió, pero al mismo tiempo hizo una mueca.

–Arden...

Idris alargó la mano para tocarla, pero se lo pensó mejor y la bajó.

–Estamos bien –le dijo ella con voz ronca–. No tenías que haber venido. Lo has puesto todo peor.

Él arqueó las cejas, sorprendido. Era evidente que no estaba acostumbrado a que nadie cuestionase sus actos.

–Peor es imposible, con las fotografías que tienen ya –respondió Idris, cruzándose de brazos.

Llevaba un traje oscuro que le hacía parecer un magnate, y Arden se dijo que había imaginado a un jeque con una túnica larga y un pañuelo en la cabeza.

–Pero ahora que te han visto aquí van a pensar...

–Ya lo saben –la interrumpió él con impaciencia–. Podría decirse que tienen más información que yo.

Arden quiso contestar que la prensa no sabía nada. Que solo inventaba, pero supo que no tenía sentido.

–¿No podías haber enviado a alguien en vez de venir tú? –le preguntó, cruzándose también de brazos.

Se negó a sentirse culpable por lo que había ocurrido. Aquello no era culpa suya. Era él quien atraía el interés de la prensa. Ella no era nadie.

–He mandado a alguien, pero me han contado que estabas rodeada. Tu teléfono está desconectado y he pensado que si un extraño llamaba a tu puerta y te decía que venía de mi parte, no lo creerías.

Arden asintió muy a su pesar. Tenía razón. No le habría abierto la puerta a ningún desconocido.

–Tenía que venir. No tenía elección.

¿Cómo podía parecer tan tranquilo con todo aquel lío? Arden no sabía cómo iba a volver ella, y Dawud, a su vida normal, anónima. Quería enfadarse y gritarle a Idris, pero supo que con eso no conseguiría nada. Tenía que proteger a su hijo. La histeria era un lujo que no podía permitirse.

Además, a pesar de todo, tenía que reconocer que nadie la había obligado a besarlo.

Sintió vergüenza. Se había aferrado a sus hombros

y se había perdido en su sensualidad, en la atracción que había entre ambos, tan fuerte como en el pasado.

A pesar de que él la había abandonado años antes.

A pesar de que estaba prometido.

Arden se odió por aquello. Se dijo que a esas alturas tenía que ser inmune a él. Se le hizo un nudo en el estómago y se apartó, apoyó la espalda en la pared. Estaba decidida a no volver a caer en la trampa.

–¿Qué? –inquirió él.

–Tu prometida.

–No es mi prometida.

–Pero Hamid dijo...

–Hamid no lo sabe todo –respondió él, haciendo una mueca, en tono amenazante.

De repente, Arden sintió miedo de aquel hombre, que no era el mismo al que ella había conocido, ni tampoco el primo de Hamid ni un posible salvador en aquellos momentos, sino un monarca absolutista, acostumbrado a conseguir siempre lo que quería.

Arden se humedeció los labios.

–¿Qué es lo que quieres? –le preguntó, mirando de reojo hacia la puerta del salón.

Él se dio cuenta, por supuesto.

Al no tener noticias suyas después de su aventura, Arden había pensado que iba a ser siempre una madre soltera, en todos los sentidos, pero Idris estaba allí en esos momentos y ella se dio cuenta, horrorizada, de que no tenía ni idea de lo que él pensaba acerca de tener un hijo. Un hijo varón, al que podía considerar su heredero. Tal vez quisiese llevárselo.

La idea la aterrorizó. ¡No era posible que Idris quisiera robarle a su hijo!

–¿Arden? ¿Qué te pasa? –preguntó él, agarrándola.

–¡No me toques! –espetó ella.

E Idris retrocedió.

–Dime qué quieres. ¡Dímelo! –exclamó, preguntándose si habría cometido el mayor error de su vida dejando entrar en casa al padre de su hijo y diciéndose que no permitiría que nadie se lo llevase.

–Quiero poneros a salvo a ti y a tu hijo, quiero llevaros a un lugar donde la prensa no pueda molestaros. Después, tendremos que hablar.

A Arden la idea de hablar con él no le gustó.

Pero no tenía elección. No podía quedarse allí encerrada con Dawud y la única manera de salir era con la ayuda de Idris. Tenía que confiar en él, al menos, por el momento.

–Haz una maleta para un par de días. Fuera hay un coche esperándote y mis hombres se quedarán aquí para asegurarse de que nadie entra en la casa.

Arden pensó que ella nunca había confiado en nadie en toda su vida, que siempre que había intentado hacerlo, la habían decepcionado. Sus padres biológicos, sus padres de acogida e incluso Hamid.

Pero Idris parecía tan seguro de sí mismo...

–Dame diez minutos –le pidió, avanzando por el pasillo, pero deteniéndose delante de la puerta del salón.

–No te preocupes, esperaré aquí –le dijo él, como si le hubiese leído la mente.

Ella dudó, no pudo evitar tener miedo de que fuese al salón y se llevase al niño.

–Ambos estáis a salvo conmigo –añadió Idris–. Tienes mi palabra, Arden.

Ella lo miró a los ojos y lo creyó.

Hizo la maleta y se sintió aliviada al salir de la habitación y ver que Idris seguía en la entrada, donde lo había dejado. Tenía la cabeza inclinada, como si estuviese escuchando las canciones que Dawud estaba cantando.

Arden dejó en el suelo dos bultos, uno más grande con la ropa y los juguetes de su hijo y otro más pequeño, el suyo.

–¿Estás preparada? –preguntó Idris.

Ella asintió.

–Voy a necesitar un asiento de niño para el coche y...

–No, eso ya está. Solo te hacen falta las maletas y tu hijo.

«Tu hijo». No había dicho Dawud, era como si Idris quisiese distanciarse de él. A Arden le dolió y pensó que era patética. Unos segundos antes le había preocupado que Idris se llevase al niño y en esos momentos le decepcionaba que no se mostrase más entusiasmado con él.

Ni siquiera le había preguntado si era el padre.

Porque aquella situación lo incomodaba. Más que incomodarlo, era un verdadero problema, teniendo en cuenta que Idris estaba a punto de casarse.

Arden asintió.

–Iré por él.

–Preséntame para que no tenga miedo –le sugirió Idris–. Bastante va a tener con ver fuera a tanta gente, aunque mi equipo de seguridad intente mantener a todo el mundo a raya.

Arden no había pensado en aquello y le resultó extraño que alguien pensase en las necesidades de su hijo antes que ella. La idea de que Dawud fuese a conocer a su padre la abrumó.

Pero respiró hondo y sonrió antes de acercarse al niño.

–¡Mamá! –exclamó este sonriendo al verla.

Tenía los mismos ojos oscuros que su padre, el mismo pelo negro, las mismas facciones. Arden se emocionó y se quedó inmóvil un instante.

–¿Mamá? –dijo el niño, poniéndose en pie y acercándose a ella con los brazos abiertos.

Pero entonces se detuvo y Arden imaginó el motivo. Idris debía de estar detrás de ella.

¿También estaría nervioso?

Arden se arrodilló en el suelo y extendió los brazos a Dawud.

–Hola, cariño –dijo, pero el niño seguía mirando a su padre.

De repente, Idris se sentó en el suelo, a su lado, y dijo algo en su idioma mientras se llevaba una mano al rostro y después al pecho.

Dawud siguió sin moverse un instante y luego señaló a Idris, que repitió el gesto, más despacio en esa ocasión.

Dawud aplaudió y se echó a reír, y después intentó copiar el saludo.

Y a Arden se le encogió el estómago al verlo. No había imaginado que algún día Dawud sonreiría e imitaría a su padre. Después de lo mucho que había luchado por encontrar a Shakil, sin éxito.

Se giró a mirar a Idris y se dio cuenta de que estaba sonriendo a su hijo como Shakil solía sonreírle a ella.

Entonces se le aceleró el corazón y dejó completamente de respirar.

Idris se giró hacia ella y Arden no supo si eran imaginaciones suyas, pero tuvo la sensación de que los ojos le brillaban todavía más.

–Nos tenemos que marchar. Si quieres, puedo llevar yo a Dawud. En cualquier caso, mis hombres contendrán a los paparazzi para que no nos molesten y es posible que Dawud esté más contento en tus brazos que en los míos.

Arden asintió. Una vez más, Idris estaba pensando en todo. En ayudarlos. Arden tuvo la sensación de que aquel hombre protegería a Dawud de cualquiera que quisieses acercarse a él. Aún más, estaba pensando en los sentimientos del niño.

Aquello la emocionó, pero no quiso que se le notase. Se inclinó para abrazar a Dawud y tomarlo en brazos.

–Ven aquí, hoyuelos. Vamos a salir.

–Él también –dijo el niño.

Idris se puso en pie y le tendió la mano a Arden para ayudarla. No obstante, esta fingió no darse cuenta y se incorporó sola, sin ayuda.

Tocarlo la afectaba demasiado.

Y tenía miedo de estar yendo de mal en peor.

Capítulo 4

DÓNDE estamos?

Arden se había pasado la mayor parte del trayecto pendiente de Dawud, que iba sentado entre Idris y ella, y en esos momentos se dio cuenta de que estaban en un garaje subterráneo.

–En mi embajada. Aquí estaréis a salvo. Hemos entrado por la parte trasera y no nos ha seguido nadie –comentó Idris mientras desabrochaba a Dawud con facilidad, como si llevase años haciéndolo.

Tal vez llevase años haciéndolo. Arden había hecho una búsqueda en Internet y no había encontrado que tuviese esposa ni hijos, pero no obstante...

Vio a Dawud inclinase hacia él, en vez de a ella.

Era un niño simpático y confiado, que en esos momentos estaba encantado con aquel hombre que lo miraba con fascinación.

No obstante, Idris no lo tomó en brazos, Arden no supo si era porque no quería hacerlo o porque sabía que prefería hacerlo ella.

Así que fue Arden quien lo hizo.

–Habría preferido ir a un hotel –comentó, sabiendo que allí estaría en territorio de Idris, bajo su control.

La idea la puso nerviosa. ¿Y si le habían tendido una trampa?

–¿Preferirías tener que aguantar el acoso de la prensa? ¿Que cualquier empleado de un hotel vendiese fotografías vuestras a los medios de comunicación?

Arden abrazó a Dawud con más fuerza.

—No había pensado en eso —admitió.

—No te preocupes. Aquí tendréis intimidad. Nadie os molestará hasta que hayamos encontrado una solución. Y te garantizo que todos mis empleados serán discretos —le aseguró.

Arden se dio cuenta de las diferencias que había entre ambos, de lo poderoso que era él.

No supo si se habría sentido igual de vulnerable si hubiese tenido que enfrentarse a los paparazzi.

—Antes quiero que me des tu palabra de que, si quiero marcharme, con mi hijo, no nos lo impedirás. Que somos libres para marcharnos cuando queramos.

Se hizo un breve silencio.

—Tienes mi palabra —dijo Idris por fin, mirándola a los ojos—. No eres mi prisionera, sino mi invitada.

Aun así, Arden dudó. No sabía si debía entrar en su territorio, no porque tuviese miedo, sino por lo que Idris le hacía sentir. Su cuerpo la traicionaba deseando a un hombre que jamás sería adecuado para ella. Era un jeque y ella, una madre soltera de familia humilde. Su lugar no era aquel.

No obstante, no tenía adónde ir. Y, aunque escapase, tanto Idris como la prensa la encontrarían.

Él no habló, se quedó allí sentado, mirándolos.

Dawud empezó a impacientarse y ambos supieron que Arden no tenía elección.

Así que, muy a su pesar, se giró hacia la puerta.

A Arden ya le había impresionado la embajada la noche de la recepción, pero había imaginado que el resto del edificio sería más normal.

Se había equivocado.

Para empezar, era mucho más grande de lo que había imaginado y no era un edificio solo, sino varios con un jardín en el centro. Más que un lugar de trabajo parecía una gran casa de varios pisos amueblada con todos los lujos. Parecía una casa sacada de una revista.

No obstante, lo que más impresionó a Arden fue el silencio que reinaba en ella.

Dejó a Dawud en un dormitorio con mucha luz y sacó sus juguetes. Para su sorpresa, Idris no insistió en que tenían que hablar, sino que los dejó relajarse. Después, una mujer joven, sonriente, llevó la comida para Dawud y le explicó a Arden que cuidaba de los hijos del embajador y le habían pedido que los ayudase a ellos también, si a Arden le parecía bien.

Esta no pudo quejarse de nada. Le habían pedido su opinión.

No obstante, sintió que no era ella la que tomaba las decisiones y eso la molestó. Se dijo que debía aprender a aceptar la ayuda y a ser agradecida, por el bien de Dawud.

Los habían tratado con educación y respeto, pero Arden había visto a Idris enfadado, con la prensa y también con su primo. Por el momento, con ella no.

Por el momento.

Misha, la niñera, se ofreció a quedarse con Dawud mientras Arden iba a ver a Su Alteza. Y Arden estaba pensándoselo cuando el niño abrió mucho los ojos y gritó:

—¡Hola!

Y Arden se puso tensa al instante.

Se giró y vio a Idris apoyado en el marco de la puerta. No la estaba mirando a ella, sino al pequeño.

Arden se llevó una mano al estómago y entonces él la miró.

–¿Todo bien?

Parecía muy tranquilo, como si no pasase nada.

–Después de que la prensa nos haya asediado, y de haber tenido que venir a escondernos aquí en vez de... –empezó ella–. Lo siento. Soy una desagradecida. La habitación es preciosa y Misha... me ha ayudado mucho.

–Bien. Entonces, ¿te importa dejar a Dawud con ella mientras comemos?

Por supuesto que le importaba. Arden quería volver a estar como en el pasado. Ella sola con su hijo.

Aunque, en ese caso, Dawud jamás habría conocido a su padre y Arden era consciente de la importancia de que el niño creciese con el apoyo de un padre y una madre. Además, si algo le ocurriese a ella, Dawud nunca estaría solo.

Recordó la noche de su nacimiento, ella sola, aterrada, en una habitación de hospital. Había sido consciente de lo mucho que aquel niño dependía de ella, y había prometido darle todo el amor y la seguridad que ella había echado en falta.

–¿Arden? –dijo Idris, avanzando con el ceño fruncido.

Ella parpadeó.

–Gracias. Me parece bien que cenemos.

–¡Señor! –gritó el niño– ¡Quiero con señor!

–Por favor –lo corrigió ella.

–*Po favo*.

E Idris atravesó la habitación y se sentó al borde de la cama de Dawud, en la que estaba sentado también el niño.

A Arden le dio un vuelco el corazón al volver a verlos juntos. Había deseado tanto aquello.

Suspiró al ver que su hijo se llevaba la mano a la

frente y después al pecho. Y cuando Idris repitió el saludo, Dawud sonrió de oreja a oreja.

E Idris sonrió también. Era una sonrisa que Arden no había visto nunca antes, una sonrisa que hizo que se relajase, que se derritiese por dentro.

Idris habló al niño en su idioma y Arden se sintió hipnotizada. No le sorprendió que el niño se acercase más a él.

Misha se disculpó y fue a ordenar el baño que Dawud había dejado todo salpicado.

Y, de repente, la atmósfera cambió.

–He hablado con Hamid –anunció Idris–. El niño no es suyo.

Arden tuvo que sentarse en un sillón cercano.

–¡Por supuesto que no! –respondió.

–¿Es mío? –preguntó Idris inmediatamente, sin apartar la mirada del pequeño.

–¿No pensarás que fui de tu cama a la de tu primo? ¿Qué clase de mujer piensas que soy?

–No lo sé –admitió Idris, girándose a mirarla–. Por eso te lo pregunto.

Ella levantó la barbilla, orgullosa.

–Dawud es tu hijo.

Esperó a que Idris reaccionase, pero no lo hizo. ¿Acaso no sentía nada? ¿Y si no era capaz de querer a Dawud?

–Supongo que querrás una prueba de ADN.

–Sería lo más sensato, teniendo en cuenta de que estamos hablando del heredero a un trono.

Arden se agarró con fuerza a los brazos del sillón. Se dijo que Idris tenía razón, que necesitaba una prueba de que el niño era suyo. No obstante, le dolió que no confiase en su palabra.

Entonces, interiorizó lo de que era el heredero a un

trono. ¿Pretendía Idris reconocer a su hijo de manera pública?

Arden no supo si sentirse aliviada o tener miedo. ¿Pretendería Idris que el niño pasase la mitad del tiempo en Londres y la otra mitad en Zahrat? Se le rompió el corazón solo de pensar que tendría que estar separada de su hijo. Entonces se dio cuenta de que se estaba precipitando.

Idris volvió a hablar a Dawud en su lengua, empezó a enseñarle palabras. Y Arden comprendió que, por duro que aquello fuese para ella, era lo mejor para el niño.

Misha volvió a la habitación e Idris se puso en pie.

–Buenas noches –le dijo Dawud.

Él respondió en árabe y después añadió:

–Buenas noches.

Arden se acercó a la cama y le dio un beso al niño.

–Buenas noches, cariño.

–Buenas noches, mamá –contestó este, tirándole un beso que la hizo sonreír.

Arden se obligó a darse la media vuelta y le recordó a Misha que la llamase si Dawud no podía dormir. Después, siguió a Idris fuera de la habitación.

–¿Qué palabra le estabas enseñando a Dawud? –le preguntó Arden cuando ya estaban sentados a la mesa.

Parecía cansada y tensa, pero él la seguía deseando. No se había vestido de manera especial para cenar con él, llevaba unos vaqueros y una camiseta, y ninguna joya. Solo un poco de brillo en los labios y algo de rímel. Aun así, Idris tuvo que hacer un esfuerzo para controlar las ganas de tocarla.

– ¿Baba?

–Eso es. ¿Qué significa? –le preguntó Arden sin mirarlo, mientras se servía ensalada.

No lo había mirado a la cara desde que habían salido del dormitorio. Y él no sabía qué lo enfadaba más, si que fingiese que no sentía atracción por él, o que le hubiese ocultado que tenía un hijo.

–*Baba* significa papá.

Tal y como había esperado, Arden lo miró a los ojos.

–Todavía no sabes si es tuyo. Hay que hacer la prueba de paternidad.

Arden parecía indignada. Sus ojos color aguamarina brillaban peligrosamente.

Y eso lo excitó todavía más.

Pero Idris se mostró relajado, se encogió de hombros. Todavía no estaba preparado para admitir que sabía que Dawud era hijo suyo, que no necesitaba la prueba de ADN.

Había sido mirar al niño y sentir algo que jamás había esperado. Felicidad, emoción y el deseo de protegerlo. Y alivio. Porque no soportaba la idea de que el niño fuese de Hamid.

–No tenías derecho.

–¿Perdón?

–No tenías derecho a decirle que eres su padre –protestó Arden.

Él no se molestó en argumentar que lo había dicho en su propio idioma, que el niño no entendía.

–¿Que no tenía derecho? –repitió, apoyando ambas manos en la mesa–. Por supuesto que tengo derecho. ¿Qué edad tiene, tres años? Has estado tres años manteniéndolo alejado de mí.

–No lo he hecho por decisión propia. Tú me mentiste acerca de quién eras –replicó ella.

Idris sacudió la cabeza.

–Ya te dije que no te mentí. Solo quería evitar a la prensa. Necesitaba un descanso, ser como los demás. Tenía la intención de explicarte quién era si venías conmigo a París.

Había querido seguir con ella unos días más.

–Todo lo demás que te conté era verdad.

Salvo que no le había hablado de su parentesco con la familia real.

–No tenías que haberme ocultado que tenía un hijo –añadió.

–¡No te lo oculté! –exclamó ella, tirando la servilleta y empujando la silla hacia atrás.

Idris se puso en pie antes que ella, dispuesto a impedirle el paso, decidido a terminar con aquella conversación.

–Entonces, ¿por qué no me lo dijiste?

–¿Cómo querías que me pusieses en contacto contigo? No sabía tu apellido, y me habías dado un nombre falso. Cuando me enteré de que estaba embarazada llamé al hotel en el que te habías alojado en Santorini, pero se negaron a darme la información.

Idris frunció el ceño. No se le había ocurrido pensar que Arden podía haber intentado localizarlo.

–No tenía ni idea –admitió.

–Por supuesto que no.

–Como no viniste a la cita, pensé que no tenías interés en volver a verme.

–Ya te dije que fui, pero tarde. A última hora no podía encontrar el pasaporte –se defendió Arden–. Cuando el hotel se negó a darme la información, llamé aquí, a la embajada. Lo único que sabía de ti era que te llamabas Shakil, que tenías veintiséis años y que hablabas inglés perfectamente, que habías estu-

diado en Estados Unidos y que te habías roto la cla-
vícula. Ni siquiera tenía una fotografía tuya.

Hizo un descanso para respirar.

–Fueron muy educados, muy amables, supongo
que les di pena porque sabían de quién les estaba hablando, a quién necesitaba encontrar con tanta urgen-
cia.

Tenía las mejillas enrojecidas, pero continuó desa-
fiándolo con la mirada.

Él se preguntó cómo habría sido descubrir con
veinte años que estaba embarazada de un extraño.

Y se sintió culpable.

–Lo siento –dijo, sabiendo que no era suficiente–.
Acepta mis disculpas, Arden. Debió de ser todo...
devastador. Lamento que te sintieses abandonada. Yo
no pretendí dejarte así ni hacerte daño. Solo quería
tener la oportunidad de divertirme sin atraer la atención pública.

Había sido un egoísta, un irresponsable.

–Y habíamos tomado precauciones. No obstante,
créeme, no pretendí esconderme de ti. Una semana
después de marcharme de Santorini me convertí en
jeque de Zahrat. Jamás pensé que no podrías encon-
trarme si lo intentabas.

Arden lo miró fijamente.

–Tenía otras preocupaciones, para estar pendiente
de las noticias internacionales. Y aunque hubiese
leído lo de tu coronación no habría pensado que Shakil y el jeque eran la misma persona.

Idris asintió. En realidad, nadie tenía la culpa de lo
ocurrido, había sido solo mala suerte.

No obstante, seguía sintiéndose culpable. Recordaba que Arden le había contado que no tenía familia,
que sus padres habían fallecido años atrás.

–¿Fue todo bien? ¿El embarazo y el parto?

–Ya ves que estoy bien –respondió ella.

Lo que no respondía a su pregunta. En su lugar, Idris se preguntó qué pretendía esconder Arden.

–¿Te cuidaron bien? –insistió.

–Me cuidé yo sola. Al menos, tenía un trabajo estable con el que mantenernos a los dos.

Aquello fue como una bofetada para Idris.

–Nunca eludo mis responsabilidades –dijo–. Si lo hubiese sabido, te habría ayudado. De hecho, pretendo ayudarte ahora.

La chica a la que había conocido había sido dulce, cariñosa y despreocupada, pero la mujer que tenía delante era complicada, guerrera y obstinada. No obstante, su pasión y su determinación por mantener las distancias con él le encantaban.

Era inexplicable.

–Bien. Porque yo siempre he querido que Dawud conociese a su padre. Es importante para un niño que tenga una relación positiva con ambos padres –dijo ella, cruzándose de brazos.

Idris se acercó más.

–Estoy de acuerdo. Por eso vamos a casarnos lo antes posible.

Capítulo 5

ARDEN clavó la vista en unos ojos muy oscuros que tenían un brillo que no le gustó nada. Le hizo pensar en cómo la había hecho retroceder contra la puerta de su casa y, tras agarrarla por la nuca, la había besado apasionadamente. Y le hizo pensar que ella se lo había permitido.

En el calor que sentía cada vez que sus miradas se cruzaban.

En cómo se derretía cada vez que la tocaba, que la besaba, con tan solo oír su voz.

No quería derretirse. Quería seguir enfadada porque la había dejado, quería creer que lo había hecho a propósito, pero, a pesar del enfado y del miedo, Arden creía en el arrepentimiento que veía en su mirada, en la sinceridad de su voz, en la firmeza de su lenguaje corporal. En realidad, no se había marchado sin más, había enviado a alguien a encontrarse con ella, pero ella no había estado allí.

El hecho de que hubiese sido una casualidad y no un hecho deliberado lo que los había separado le pareció casi peor.

—¿Casarnos? —inquirió.

—Por supuesto. Es la solución más lógica.

—¿La solución? ¡Yo no soy un problema que haya que resolver! —respondió Arden mostrándose enfadada, aunque lo que sentía en realidad era decepción.

¿Cómo era posible que, después de tanto tiempo, todavía tuviese esperanzas? Todavía esperaba que aquel hombre le dijese que la quería y que quería pasar el resto de su vida con ella.

No era posible.

Arden empezó a ir y venir por el salón. Se fijó en la mesa, exquisitamente decorada, con sus copas de cristal, la cubertería de plata y la vajilla de porcelana fina.

Era una mesa digna de un rey. Un rey que había planeado casarse con una princesa.

–¿Y tu prometida? –le preguntó, girándose a mirarlo.

A pesar de estar en la otra punta de la habitación, estaban demasiado cerca.

–No estoy comprometido.

Algo en su voz hizo saber a Arden que estaba pasando por una situación difícil. O tal vez fue el modo en que apretó la mandíbula. Arden estaba segura del conflicto diplomático que habían creado aquellos artículos de prensa.

–Uno no anula así como así un matrimonio real.

–¿Esperas que me case con la princesa Ghizlan después de haber descubierto que eres la madre de mi hijo? –argumentó él con expresión implacable.

–Hace varios años que soy la madre de tu hijo –le recordó ella, cruzándose de brazos–. Y hemos sobrevivido bastante bien sin ti.

Supo que no debía haber dicho aquello. Lo supo nada más decirlo. El brillo de los ojos de Idris se volvió peligroso.

–Me han robado los tres primeros años de la vida de mi hijo –dijo muy despacio, pero con una precisión letal–. No voy a permitir que me quiten más.

–¡Yo no te he robado nada! –replicó ella en voz demasiado alta.

–Tal vez no –empezó él, deteniéndose a pensar qué más iba a decir–, pero lo cierto es que sigue siendo mi hijo.

–¡Y el mío!

–Efectivamente. Tú misma has dicho que lo mejor para un niño es que tenga una relación positiva con ambos padres. Para eso lo mejor es el matrimonio.

–No hace falta que nos casemos –insistió Arden, consciente de que, en el pasado, la idea de casarse con aquel hombre habría sido una fantasía hecha realidad.

Porque lo había querido con la desesperación y el optimismo de un corazón joven e inocente. Se había sentido atraída por su belleza y carisma, pero también por el modo en que se comportaba con ella. Shakil la había hecho sentirse especial. Había compartido nuevas experiencias con ella, había reído con ella, había intentado complacerla con una generosidad y un encanto que la habían seducido por completo. En esos momentos se dio cuenta de que en realidad nunca lo había conocido.

Él inclinó la cabeza en silencio.

Y Arden se preguntó qué vería en ella. ¿A una mujer joven, normal y corriente? No estaba a la altura de la princesa Ghizlan, que era bella, graciosa y elegante. Ella era una madre trabajadora, que jamás había tenido un vestido de diseño ni se había codeado con los ricos y famosos.

Tampoco era guapa. Tenía un pelo brillante, pero indomable, y un rostro muy normal, la nariz pequeña y una boca bien perfilada, pero que tampoco llamaba la atención. Compaginaba como podía la maternidad con el trabajo y dedicaba sus noches a cantar nanas y cocinar, no a cenar en comedores como aquel.

–No estás pensando con la cabeza –le dijo él, mirándola fijamente.

Pero Arden se negó a sentirse intimidada.

–Estás siendo testaruda –continuó Idris–. Cuando lo pienses, te darás cuenta de que la idea de que nos casemos es...

–¿Lógica? ¿Sensata? ¿Lo mejor para Dawud?

Arden puso los brazos en jarras, se sentía indignada.

–Yo diría que la idea es ridícula, innecesaria y dolorosa.

–¿Piensas que casarte conmigo sería doloroso?

Arden no supo si la expresión de Idris era de sorpresa o de enfado, pero ella se estremeció al verla.

–Sería doloroso para ti. Yo no estoy hecha para ser la esposa de un rey.

Y también le dolería a ella, vivir una parodia de la vida que había imaginado junto al hombre al que amaba.

–Puedes aprender –la contradijo él.

–No me interesa aprender.

¿Cómo era posible que no se diese cuenta de que no estaban hechos el uno para el otro?

Idris se acercó tanto a ella que Arden sintió el calor de su aliento en el rostro.

–Tal vez no te hayas dado cuenta, Arden, pero lo que a ti te interese da igual. Lo que tú y yo queramos ya no importa. Lo que importa es lo que es mejor para Dawud.

Ella se quedó sin aliento al oír aquello. Idris había metido el dedo en la llaga. Ella estaba dispuesta a hacer cualquier cosa por su hijo, cualquier cosa con tal de asegurar de que tenía un futuro feliz y estable.

Pero estaba segura de que casarse con Idris sería un desastre.

Se cruzó de brazos.

–Dawud no necesita que nos casemos. Es mejor que nos llevemos bien, sin más, a que ambos seamos infelices porque nos hemos casado con la persona equivocada.

–¿Tú con quién quieres casarte? –inquirió él–. ¿Con mi primo?

Arden retrocedió un paso, pero se dio con una silla.

–¡No! Hamid es solo un amigo, nada más.

–Entonces, ¿con quién quieres casarte? –insistió Idris, acercándose más.

–Con nadie, estaba hablando en general, pero esto trae a colación el tema del amor.

–¿El amor? –preguntó él, como si no supiese qué significaba aquella palabra.

–Por supuesto. Si uno de los dos se enamora de otra persona con el tiempo...

–Yo no me voy a enamorar de nadie más –le aseguró Idris.

Por un instante, Arden pensó que le iba a decir que se había enamorado de ella cuatro años antes, en Santorini.

No podía ser cierto, pero, no obstante, le preguntó con voz ronca:

–¿Por qué no?

–Porque nunca he estado enamorado ni voy a estarlo. En mi familia nadie se casa por amor –le explicó.

–Ah –dijo ella, sintiéndose como una idiota.

–¿No tendrás miedo a enamorarte tú?

Arden rio con cinismo.

–Por supuesto que no.

Después de convertirse en madre soltera una semana antes de cumplir los veintiún años había perdido toda la ilusión de enamorarse. Estaba demasiado cansada para pensar en el amor.

–Bien. En ese caso, eso no será un problema.

Arden negó con la cabeza.

–Pero hay otros.

–¿Como cuáles?

–Tu pueblo no me aceptará como su reina.

–Mi pueblo aceptará a la mujer con la que yo me case –le aseguró él con total convicción.

–Yo no podría aceptar las restricciones que implica ser una mujer en tu país. Tus tradiciones son distintas a las mías.

Eso lo dejó pensativo. Arden lo vio arquear una ceja.

–Es cierto que nuestras tradiciones no son las mismas –admitió muy despacio–, pero está habiendo cambios. Mi país es distinto a hace unos años. Además, como esposa mía, podrías ser un modelo de cambio para otras mujeres, abrir camino.

–La princesa Ghizlan haría eso mucho mejor que yo.

Él negó con la cabeza, apretó los labios.

–¿Cuántas veces tengo que decirte que ella no forma parte de la ecuación? No puedo pedirle que se case conmigo después de este escándalo. Lo único que puedo hacer ahora mismo es casarme contigo.

Arden tomó aire.

–Siento los problemas que los medios te han causado. Que nos han causado a todos. Mi vida tampoco va a ser sencilla a partir de ahora, al menos, por un tiempo, pero no es culpa mía. Ni pienso que casarnos sea la solución. Yo solo quiero lo que es mejor para Dawud.

–Al menos estamos de acuerdo en algo.

Sus palabras le dieron esperanza. Tal vez pudiese convencerlo. Arden se dio cuenta de que no había sido precisamente sensible al rechazar su propuesta de matrimonio.

Esbozó una sonrisa conciliadora.

–Tienes razón. Eso ya es un comienzo, ¿no?

Él no sonrió y Arden se preguntó si alguien se atrevería a discutirle algo al jeque de Zahrat.

–Mira. ¿Por qué no nos sentamos y barajamos otras posibilidades?

Para alivio de Arden, Idris retrocedió y le permitió que volviese a su sitio. Afortunadamente, porque con tanto estrés, a Arden habían empezado a temblarle las piernas.

Idris se sentó a su lado.

–¿Entonces...?

–Bueno... Tal vez Dawud podría pasar parte del año contigo –sugirió ella.

Se le encogió el corazón solo de pensar en separarse de su hijo, pero tenía que ser realista. Tenía que darle la oportunidad de conocer a su padre.

–¿Y ser príncipe a tiempo parcial? ¿Vivir parte del tiempo en palacio y el resto en tu sótano?

Arden levantó la cabeza, la voz de Idris era fría, pero era evidente que estaba enfadado.

–Tiene más sentido que fingir que podemos formar los tres la familia perfecta.

–Yo no te estoy pidiendo perfección, Arden.

Ella se mordió la lengua para no replicar que en realidad no le había pedido nada, pero supo que con aquello no llegarían a ninguna parte. Tenía que poner a un lado el resentimiento y el miedo y pensar en lo que era mejor para Dawud. Aunque estar con Idris le hiciese sentirse atrapada.

–A mí compartirlo me parece un compromiso factible.

–¿De verdad piensas que Dawud puede volver a la vida que llevaba hasta ahora sabiendo yo que es mío?

Arden se puso tensa.

–¿Por qué no? Tal vez le venga bien una dosis de realidad después de conocer cómo se vive en un palacio.

Idris negó con la cabeza.

–No lo entiendes. Ahora que todo el mundo sabe que Dawud es mi hijo, el daño ya está hecho. Es mi deber, además de mi deseo, que viva conmigo. Si no es así, se considerará que no he cumplido con mi deber y mi pueblo pensará que soy débil. También sería un insulto para ti si no me caso contigo. Y un insulto para Ghizlan si la rechazo sin haberme casado con la madre de mi hijo.

Arden apretó los dientes.

–Yo soy una persona con derechos propios.

Le daban igual el pueblo de Idris y la princesa. Solo le importaba su hijo.

–¿Permitirías que tus preferencias personales se interpusiesen en la felicidad y en la seguridad de Dawud?

–Estás exagerando. Hasta ahora he cuidado perfectamente de él.

–Hasta ahora –le dijo él, cubriéndole la mano con la suya.

Sorprendentemente, Arden se sintió segura.

–Solo habéis tenido que enfrentaros a la prensa un día. ¿Quieres que Dawud tenga que pasar por eso una y otra vez?

–Seguro que después de unos días, cuando pase la novedad...

–Arden, las cosas no funcionan así. No va a pasar, nunca. Cuando haya una noticia sobre mi país, o cualquier día especial: un cumpleaños, su primer día de colegio, una competición deportiva... la prensa estará allí. Contarán las diferencias entre mi vida en palacio y la suya en Londres. Estarán pendientes de todo lo que haga, aún más siendo tan fotogénico. Cada decisión que tomes como madre será juzgada. Lo observarán como si fuese un bicho raro.

–¡Dawud no es ningún bicho raro! –exclamó ella, apartando la mano.

–Por supuesto que no, es un niño completamente normal –le confirmó Idris–. Y lo que yo quiero es que siga así.

–¡Haciendo que viva en un palacio!

Idris se echó a reír y aquella risa hizo que Arden recordase a Shakil, el hombre capaz de acelerarle el corazón con una sonrisa.

–Así dicho, cualquiera diría que se trata de una cárcel. Dawud podrá llevar una vida completamente normal, igual que en Londres, créeme. En Zahrat yo os protegeré a los dos.

Arden tragó saliva. En el fondo sabía que Idris tenía razón, que no podría volver a casa con Dawud.

–Supongo que podría intentar vivir en Zahrat si nos ayudases a encontrar una casa.

¿Podría trabajar allí? ¿Habría floristerías? Se llevó la mano a la sien. Le dolía la cabeza.

–Viviríais en palacio. Serías mi esposa. Es la única opción sensata. Juntos podremos darle un hogar estable –le aseguró Idris con toda tranquilidad.

Pero ella se sintió arrinconada.

–Lo haremos por Dawud. Haremos lo que vaya a ser mejor para nuestro hijo.

«Nuestro hijo».

Aquellas dos palabras acabaron con la distancia que había entre ambos, hicieron que Arden se sintiese menos sola.

Aunque eso no importaba, estaba acostumbrada a cargar sola con la responsabilidad. No obstante, la idea de compartirla era demasiado atractiva.

–Tengo que pensarlo –dijo–. Necesito tiempo.

–Por supuesto. Iré a ver cuál es tu decisión mañana, a las nueve de la mañana.

A las cuatro de la tarde del día siguiente, después de haberse pasado la noche en vela, pensándolo, Arden se prometió oficialmente a Idris, el jeque de Zahrat, delante de un montón de testigos.

Había pensado rechazarlo. La idea de atarse al hombre que, accidentalmente o no, la había dejado embarazada cuatro años antes, le amargaba la vida. Quería marcharse, ser independiente.

Pero ella mejor que nadie entendía que estaba sola y desprotegida. Y que si le ocurriese cualquier cosa... No, Dawud tenía derecho a crecer con seguridad, sintiéndose querido, sin la intrusión de la prensa. Arden había buscado información acerca de Idris en internet y sabía que era un hombre responsable y comprometido, y que haría lo posible por ser un buen padre.

No obstante, ella firmó el contrato con mano temblorosa, con el estómago encogido. Mientras, a su lado, sentado en su trono, Idris parecía tranquilo y seguro.

Era evidente que estaba acostumbrado a firmar papeles importantes.

Arden, por su parte, y a pesar de saber que no tenía elección, estaba preocupada.

–Permita que sea la primera en felicitarla.

Levantó la vista y vio a la princesa Ghizlan, que iba ataviada con un vestido de seda color ámbar y llevaba al cuello una fortuna en perlas. Era la viva imagen de una princesa, cosa que Arden jamás sería, a pesar del caro traje que Idris le había regalado como alternativa a sus vaqueros viejos.

Sorprendentemente, la sonrisa de la otra mujer era cariñosa y Arden se lo agradeció.

–Gracias, su...

–Ghizlan, por favor –se apresuró a decir ella antes de girarse hacia Idris–. Enhorabuena, Alteza. Espero que sean muy felices.

Ninguno de los dos parecía tenso ni incómodo. Y Arden pensó que o eran unos actores maravillosos o era cierto que su emparejamiento no había sido más que una formalidad. Ella se sentía aturdida, todo aquello le parecía complicado y artificial.

–Gracias –respondió Idris con voz profunda y grave, como queriendo recordar que aquella ceremonia solo tenía lugar para asegurar el futuro de su hijo, que no era una unión natural, que no había amor.

No había sonreído ni una vez en todo el día.

–¿Me quiere acompañar a tomar un refresco? –le preguntó Ghizlan a Arden.

Esta no supo cómo se debía comportar, pero se puso en pie porque no aguantaba más allí.

–Por supuesto –respondió, y oyó cómo le sonaba el estómago.

–A mí me pasa lo mismo –comentó Ghizlan en voz baja–. Tampoco como nunca antes de una ceremonia oficial y después me arrepiento. Duran demasiado.

Arden miró de reojo a aquella mujer tan bella que estaba llenando un plato de exquisiteces.

—¿De verdad que no le importa que yo...? —preguntó.

Sabía que no era ni el momento ni el lugar, pero sentía curiosidad por aquella mujer tan elegante que había estado a punto de casarse con Idris.

La princesa la miró de reojo.

—Vamos a ponernos cómodas —dijo, señalando con un gesto de cabeza unos sillones que había en un rincón.

Arden no los había visto hasta entonces, solo había visto a la multitud y a Idris, alto, serio.

—¿Arden? ¿Puedo llamarte Arden?

—Por supuesto... Ghizlan, lo siento. Estoy un poco distraída —admitió, sentándose en el sillón sujetando el plato con la comida.

—No me sorprende. No estás acostumbrada a estas ceremonias y son agotadoras —le dijo la otra mujer—. El truco es tener algo en qué pensar. Yo me dedico a hacer planes.

Arden sonrió y notó que tenía el estómago un poco mejor.

—Gracias por ser tan agradable conmigo. No esperaba... gracias. No pretendía...

Ghizlan se echó a reír y varios hombres se giraron a mirarla.

—De nada. Me parece que vamos a llevarnos muy bien.

Arden dejó su plato en una mesa cercana y se inclinó hacia ella.

—No pretendía estar aquí.

—Me alegro de tener cerca a alguien tan sincero. Me entenderás cuando pases más tiempo rodeada de diplomáticos y personal de la corte. Y tienes razón. Esto es duro para todos.

–Lo siento muchísimo, de verdad.

–No es culpa tuya. Después de que saliese la noticia del niño, no había elección.

Arden buscó en su rostro alguna señal de que Ghizlan se sintiese dolida, pero no la encontró.

–Esto debe de ser especialmente difícil para ti.

La otra mujer apartó la vista.

–Es una tormenta diplomática, pero pasará. Nuestro compromiso no se había formalizado y ahora, si nos ven juntas y en buenos términos, las cosas irán un poco mejor.

Arden asintió. Comprendió que aquel era el motivo por el que Ghizlan estaba allí y se sintió decepcionada.

–Ya entiendo. ¿Piensas que esto... evitará habladurías?

–Ahora te sientes ofendida. Lo siento. Le dije a Idris que no te gustaría verme aquí, pero él me aseguró que no había ninguna relación sentimental entre vosotros. Por favor, perdóname.

Hizo amago de ponerse en pie, pero Arden movió la mano y la detuvo.

–No, por favor.

Se dijo que las palabras de Idris no debían herirla. Que eran ciertas. Lo que podían haber sentido en el pasado el uno por el otro estaba muerto. Y Ghizlan no había hecho nada más que intentar mejorar la situación.

–Lo siento –dijo Arden, tragando saliva–. Te agradezco que estés aquí. Debe de haber sido difícil para ti y es agradable tener cerca a otra mujer.

–Pensé que te ayudaría y que las cosas se calmarían un poco si yo estaba en Londres apoyándote, en vez de estar en la aprobación de Idris.

–¿Qué aprobación?

Ghizlan se refugió en aquella expresión tranquila que Arden supo que escondía otros sentimientos.

–Nuestro matrimonio tenía el fin de construir un puente entre dos países que habían estado enfrentados durante generaciones. Estaba unido a un tratado de paz y a un acuerdo comercial, pero, no obstante, necesitábamos conocernos un poco mejor para... tantear el terreno.

Arden parpadeó, sentía algo parecido a celos.

–Cuando vuelva a casa va a ser muy duro, pero por ahora mi apoyo hace que las aguas se calmen un poco.

Arden miró a la otra mujer, tan guapa y elegante, y se dio cuenta del valor que tenía que tener para estar allí, sonriendo, como si no formase parte de aquel escándalo. Pensó que si le importaba Idris...

No pudo evitar comprenderla. Ella lo había amado y lo había perdido una vez, y nunca había olvidado el dolor.

–Me gusta cómo piensas, Ghizlan –le dijo–. Tal vez podrías aconsejarme un poco. No sé nada de protocolo ni ceremonias, ni qué debo ponerme.

Miró el vestido azul claro que había aparecido en su habitación aquella mañana.

–¿Te gusta? –le preguntó Ghizlan.

–Es precioso, pero yo no tengo experiencia en comprar ropa cara y no tengo ni idea de... –Arden se interrumpió de repente–. ¿Lo has elegido tú?

Ghizlan se encogió de hombros.

–Solo di un par de sugerencias. Pensé que, dada la rapidez de los acontecimientos, no tendrías nada que ponerte.

Arden se sintió agradecida.

–Eres una buena persona, ¿verdad?

Ghizlan se echó a reír.

Idris siguió el sonido de las risas y vio a ambas mujeres hablando juntas. La una morena, la otra rubia, ambas bellas.

Se le encogió el estómago al pensar en todo el trabajo que tenía por delante para intentar salvar algo del desastre causado por Arden y Dawud. Las relaciones con el padre de Ghizlan estaban hechas jirones, lo mismo que los tratados que habían negociado. Y las facciones más conservadoras de su propio país se habían levantado en armas al enterarse de que tenía un hijo ilegítimo y que iba a casarse con una mujer inglesa. No obstante, no tenía opción.

Cualquier otra cosa sería un desastre.

Y lo privaría de su hijo, convirtiéndolo en el objeto de las burlas y las habladurías.

Vio a Arden inclinarse hacia Ghizlan, el movimiento hizo que el vestido se ajustase más a su esbelta figura, con la que se había pasado toda la noche fantaseando.

Escuchó a medias la conversación que transcurría a su alrededor, estaba intentando empezar de cero con los representantes del padre de Ghizlan, pero tenía la atención puesta en Arden. La mujer con la que iba a casarse.

Por primera vez desde que había considerado casarse, se sintió impaciente.

Tal vez Arden fuese a causarle muchos problemas. No tenía pedigrí ni ninguna influencia en su región. Y, lo que era peor, no sabía nada de cómo debía comportarse ni de diplomacia.

No obstante, era la madre de su hijo y solo por ello merecía respeto.

Aunque no era el único motivo por el que iba a casarse con ella. La noche anterior había tenido que aceptar la verdad, no podía casarse con Ghizlan porque era a Arden a quien quería tener en su cama.

Tal vez lo que hubiese entre ambos fuese solo sexo, pero era una sensación apabullante. Era la debilidad que habían compartido todos los hombres de su familia, y que también tenía él.

Tenía que aprender a controlarla ya que pretendía enfrentarse a aquel matrimonio como a cualquier otro contrato, con la cabeza fría.

Capítulo 6

UNA limusina con aire acondicionado la trasladará junto a su hijo a palacio, señorita Wills –le informó Ashar, el asistente del jeque, que estaba sentado a su lado en el avión y le sonreía–. El trayecto es corto y pronto podrá descansar en sus habitaciones.

–Gracias.

Arden necesitaba descansar. Ni siquiera había podido relajarse allí, en la privacidad del avión de Idris.

Tal vez fuese porque no estaba acostumbrada a que nadie estuviese pendiente de ella. Misha, la niñera temporal, se había llevado a Dawud a otra parte del lujoso avión para que no la distrajese ni le arrugase el nuevo traje de diseño, pero en vez de sentirse tranquila, Arden se sentía sola. Aunque era consciente de que en realidad no estaba estresada por estar separada del niño, sino por el futuro.

¿Por qué había accedido a casarse con Idris y a dejar Londres? ¿De verdad podía casarse con él y confiar en que haría lo mejor para Dawud?

Todo había ocurrido tan deprisa...

Dimitir de su puesto de trabajo por teléfono había sido una experiencia surrealista. Su jefe ya había leído la noticia de su aventura y, al parecer, su repentina notoriedad iba a beneficiar al negocio. Y con respecto al piso... Ni siquiera lo había cerrado ella. Idris había hablado con Hamid antes de que Arden pudiese hacerlo y le había explicado la situación.

De todo lo que había ocurrido en los últimos días, aquello había sido lo peor. Era como si hubiesen hecho añicos su vida. Había invertido mucho tiempo y dinero en convertir aquella casa en su hogar.

No importaba que todo se hubiese recogido con un cuidado exquisito, Arden era consciente de que, a partir de entonces, ya no tenía nada que opinar. Había accedido a casarse con el padre de Dawud y, desde ese momento, aquello dominaría sus vidas.

—Lo siento —le dijo a Ashar—. ¿Decías algo?

—Le preguntaba si quería agua o cualquier otra cosa. Está pálida y vamos a aterrizar. Si está mareada...

Arden negó con la cabeza.

—Estoy bien, gracias. Solo cansada.

—Entonces, la dejaré sola un rato —respondió Ashen, desapareciendo.

Arden hizo una mueca. Idris había hecho lo mismo nada más despegar, se había disculpado y se había ido a su despacho, a trabajar. Casi no se habían visto desde que había accedido a casarse con él. Eran sus trabajadores los que se preocupaban por ella.

Pero no necesitaba que nadie se preocupase por ella. Tenía que hacer aquello. Iba a hacerlo.

Por difícil que le resultase, se enfrentaría a ello como se había enfrentado a todo lo demás.

Después de toda una vida sola, algo importante había cambiado. Ya no estaba sola, tenía a Dawud. Y estaba haciendo aquello por su hijo.

Miró por la ventana y vio las montañas que se elevaban en la distancia. Justo debajo del avión había una llanura que llegaba al mar color turquesa y, justo antes, a unas playas de arena blanca.

Zahrat. Un país famoso por la independencia de su pueblo, por su árido desierto y sus escarpadas montañas.

A pesar de estar decidida a ser fuerte, Arden no pudo evitar desear poder estar en Londres con su hijo.

A lomos de su caballo, Idris miró a la gente que había salido a la calle a recibirlo. Todo el mundo parecía querer darle la bienvenida en su tradicional llegada a la capital.

Y ver a su hijo, y a la mujer inglesa que pronto sería su esposa.

Como exigía la costumbre, no hubo aplausos ni gritos, solo inclinaciones de cabeza a su paso. Aunque todo el mundo levantó la vista al carruaje que lo seguía, en el que iban Arden y Dawud.

Idris se había preguntado cómo se tomaría el pueblo la noticia, aunque tenía claro que su decisión no iba a cambiar.

Era un pueblo orgulloso y tradicional. Sin duda, a las personas mayores, más conservadoras, no les gustaría que se casase con una extranjera. No obstante, vio algunas banderas que celebraban su regreso. Azules como el mar que rodeaba Zahrat y escarlata porque era el color del desierto al atardecer, o el color de la sangre del enemigo, según la creencia popular.

Idris estaba pensando en aquella señal de bienvenida cuando el capitán de la Guardia Real se acercó a él.

–Alteza. El coche. Se ha detenido.

No parecía que hubiese ningún problema, pero a Idris se le aceleró el corazón y se puso tenso, en alerta, por si se trataba de una emboscada.

De repente, la puerta trasera del carruaje se abrió y salió ella, y los rayos del sol tiñeron su cabeza de un rubio rosado. La multitud se quedó completamente en silencio.

¿Qué estaba haciendo? No había ninguna parada prevista. ¿Se sentiría mal? ¿Estaría mareado el niño?

Idris bajó de su caballo y le dio las riendas al guarda que tenía al lado.

¿Por qué se había detenido toda la comitiva?

Arden atravesó la calle y se acercó a una tienda. Cerca de la puerta había una persona que había ignorado la tradición, una niña de unos seis o siete años que estaba sentada en una silla de ruedas, con un ramo de flores en las manos, mirando a Arden con los ojos muy abiertos.

Lo cierto era que estaba espectacular con aquel vestido dorado y los tacones, él mismo se había quedado sin respiración al verla esa mañana.

La sensación había sido tan fuerte que había decidido viajar en otro vehículo al aeropuerto y, una vez en el avión, encerrarse en su despacho para poder mantener el control de la situación.

Arden se detuvo delante de la niña y se agachó, le dijo algo que Idris no pudo oír. Él se acercó.

La niña susurró algo y levantó las flores silvestres, sonriendo con timidez.

Arden las aceptó con cuidado, como si fuese el ramo de flores más maravilloso del mundo.

–*Shukran jazilan,* Leila –dijo.

El rostro de la pequeña se iluminó y la multitud murmuró en voz baja.

Idris se detuvo, sorprendido. ¿Arden hablaba su idioma? Escuchó cómo le preguntaba a la niña que dónde vivía.

La conversación fue breve, porque la pequeña lo vio a él y se quedó en silencio.

Idris se obligó a no fruncir el ceño. La reacción de la niña era normal. Nadie se dirigía al jeque salvo que este le invitase a hacerlo. No obstante, se sintió como una enorme nube gris que tapaba un maravilloso sol. Arden miró por encima del hombro y apretó los labios al verlo allí.

Idris no quería que lo mirase así. Quería que lo mirase con deseo o con admiración.

La idea lo horrorizó. Estaba envuelto en una vorágine de problemas políticos y diplomáticos, no podía distraerse con una mujer.

Arden se puso recta y se giró, y él tomó su mano y la acompañó hasta el carruaje.

La notó sorprendentemente frágil bajo aquel elegante vestido y se dio cuenta, todavía más, de la diferencia de poder que había entre ambos. Se dijo a sí mismo que ambos eran víctimas de las circunstancias. Él solo hacía lo que debía por el bien de su hijo y de su país, pero no le gustaba ser consciente de la fragilidad de Arden, no quería pensar que lo había dejado todo para ir allí.

Respiró hondo e intentó tranquilizarse, no había tenido las riendas de su vida desde que Arden había vuelto a ella.

Con cuidado, la ayudó a subir al carruaje, le dio un par de instrucciones al personal y, dando la vuelta al vehículo, se subió también a él.

Arden se sorprendió al verlo aparecer allí, ocupando tanto espacio. Era la primera vez que lo había visto vestido de manera tradicional y se había sorprendido al ver cómo el hombre más atractivo que había visto nunca se había convertido en una especie de personaje de cuento con aquel traje de montar.

Aunque Arden había vuelto a la realidad al girarse y verlo a su espalda, con gesto enfadado.

Pero ella se negaba a disculparse. Le había dado un vuelco el corazón al ver a la pequeña, que la recibía con flores, después de tanto tiempo rodeada de personas que se limitaban a mirarla en silencio.

–¿Vas a regañarme ahora, o vas a esperar a que lleguemos a palacio? –preguntó.

–¿Regañarte?

Arden puso los ojos en blanco y clavó la vista un instante en sus labios.

E Idris deseó besarla, pero se dijo que no iba a hacerlo.

Ella separó los labios para decir algo, pero un ruido se lo impidió. Giró la cabeza para mirar hacia la calle. Era un ruido agudo, rítmico, que los rodeaba y que hizo que se le pusiese el vello de punta.

–¿Qué es eso? –preguntó, alargando la mano hacia donde dormía Dawud.

–No te preocupes –le aseguró Idris–. Es una señal de aprobación.

–¿Aprobación? –preguntó ella, mientras el carruaje echaba a andar de nuevo.

Idris sonrió de medio lado. Era lo más parecido a una sonrisa que había esbozado en los últimos días.

–No te preocupes, te aprueban a ti.

–¿A mí? ¿Por qué? ¿Porque he hablado con esa niña? No creo que sea para tanto.

–En Zahrat, sí. En todo lo relativo a la familia real, las tradiciones van cambiando muy despacio. Y según la tradición cuando el jeque llega a la ciudad todo el mundo lo recibe en silencio, con la cabeza agachada en señal de lealtad.

Arden se sintió fatal. Todavía no había llegado al palacio y ya había incumplido una norma importante.

–Entonces, no tenía que haberme bajado, ¿verdad? –comentó con el ceño fruncido–, pero dime que Leila no tendrá ningún problema. Yo le he hablado antes que ella a mí.

Él negó con la cabeza.

–Todo lo contrario. Será el centro de atención. Es probable que repita esta historia a sus nietos.

–Entonces, yo he sido la única en infringir la ley, ¿no?

–Es más una costumbre que una ley –le aseguró él, mirándola a los ojos–. Y ya te he dicho que lo que oyes es señal de aprobación. Volverás a oírlo el día de nuestra boda.

Hasta entonces, Arden había preferido no pensar en aquel momento.

–También les ha impresionado que hables nuestra lengua –admitió Idris–. A mí me has dejado maravillado. ¿Por qué no me lo habías dicho?

–¿Para qué? Eso no habría cambiado nada. Además, no hablo mucho. Empecé a estudiarla, pero entre Dawud y el trabajo estaba demasiado ocupada, solo sé algunas frases básicas y Hamid me ayudó con la pronunciación.

Idris frunció el ceño y ella no supo si era porque solo sabía unas frases o porque Hamid la había ayudado con la pronunciación.

–En cualquier caso, es estupendo que sepas algo, y que lo hayas demostrado delante de mi pueblo. Una cosa más a tu favor.

–¿Además de tener un hijo, quieres decir?

–Nuestro hijo, Arden –le dijo él.

Siguió mirándola a los ojos y Arden sintió que le ardían las mejillas y apartó la cabeza.

La calle se inclinó hacia arriba y por encima de los tejados apareció una ciudadela color ámbar bajo la luz del sol. Y un palacio enorme cuyo techo brillaba y la cegaba a pesar de la distancia.

Idris debió de seguir su mirada.

–El Palacio de Oro –murmuró–. Tu nuevo hogar.

Capítulo 7

AARDEN le había impresionado el palacio desde el exterior, visto desde la limusina, pero por dentro era todavía más extraordinario. Las partes más antiguas del edificio tenían paredes cubiertas de piedras semipreciosas, y las más modernas eran lo nunca visto.

Le sorprendió que Idris viviese en un lugar tan sumamente lujoso, pero, cuando este se disculpó y desapareció por un pasillo, Ashar, su asistente, mencionó que había sido el tío de Idris, el anterior jeque, quien había reformado y decorado el palacio.

La suite de Arden era enorme. Había una habitación para Dawud, cuarto de baño, sala de juegos y dormitorio para la niñera, y después un salón, otro dormitorio y un estudio para ella. El dormitorio de Arden tenía tres paredes cubiertas de seda de color azul verdoso y a un lado un vestidor y un baño que eran casi tan grandes como su antigua casa.

Tenía vistas a la ciudad y al mar. Y su cama era la más grande que hubiese visto jamás, instalada sobre una plataforma y adornada con una colcha plateada. La pared que había justo detrás estaba decorada por una exquisita yesería que daba la impresión de un gran árbol plateado con delicados brotes y hojas de madreperla incrustada.

Arden no pudo ni imaginar cuántas horas de trabajo habría llevado decorar la habitación, mucho menos el coste.

Pero dormir allí...

Negó con la cabeza. Se sentía como una impostora, hecha un ovillo en aquella cama. La habitación parecía sacada de un cuento, era digna de una princesa.

Miró la colcha bordada en plata y se fijó en los dibujos de jinetes vestidos de guerreros y banderas. Los guerreros llevaban una indumentaria muy parecida a la que Idris había portado aquel día.

Estudió su propia mano sobre la colcha, su piel era pálida mientras que los locales tenían la tez de un bonito tono dorado, lo mismo que la princesa Ghizlan. Sus uñas cortas. Eran unas manos ágiles y fuertes, después de años trabajando de florista, preparando ramos, levantando enormes cubos de agua, preparando pedidos. No eran las manos delicadas de una princesa, aunque recientemente le hubiesen hecho la manicura.

¿Qué estaba haciendo allí?

Se le doblaron las rodillas y se dejó caer sobre el borde del colchón, tenía la respiración entrecortada.

Por suerte, había dejado a Dawud en la sala de juegos, al cuidado de Misha. Arden no quería que su hijo la viese así, no quería que fuese consciente de sus dudas y miedos. Si iban a quedarse allí, tenía que verla tranquila.

Pero estaba muy nerviosa.

Apretó los labios. Ya había tomado la decisión de hacer lo que era mejor para Dawud. No obstante, no podía evitar sentirse atrapada. La idea de perder el control de su futuro la asustaba, lo mismo que las emociones indeseadas que Idris despertaba en ella. El deseo de lo que jamás podría tener. Lo que necesitaba en esos momentos era normalidad. Tener a alguien a su lado.

Pensó en Hamid. No había vuelto a hablar con él desde la noche de la recepción en la embajada. La noche en la que su vida había dado un vuelco.

Tomó el teléfono y dudó. Había querido hablar con Hamid de cómo este había cambiado, de su deseo de que la amistad que había entre ambos se convirtiese en algo más, pero habían ocurrido tantas cosas que no lo había llamado. En esos momentos, gracias a Idris, Hamid sabía que iba a casarse con su primo.

Tomó aire. Sabía que aquello no iba a ser sencillo, pero, aunque hubiese albergado falsas esperanzas, Hamid había sido un buen amigo y le debía una explicación. Nunca le había contado quién era el padre de Dawud y debía hacerlo.

Marcó su número.

Idris la encontró en el dormitorio, todavía con el vestido dorado que realzaba su delgadez, pero sin zapatos. Fue ver sus pies descalzos sobre el suelo de mosaico e imaginársela completamente desnuda. Desnuda y esperándolo en la cama.

El corazón todavía se le aceleraba al verla, un síntoma de la debilidad que Idris no había sido capaz de erradicar. A pesar de que por ella estaba viviendo una pesadilla tanto en su país como, sobre todo, con los países vecinos.

Las relaciones con el país de Ghizlan habían sido tensas durante generaciones y había estado a punto de solucionar el problema casándose con ella.

En esos momentos debía estar gestionando aquello, asegurando la paz y la prosperidad de su nación, pero en su lugar se había tomado un descanso para pasar la noche con Arden. Levantó la mano para llamar a la puerta, pero se detuvo al oírla hablar.

–Lo comprendo, Hamid –estaba diciendo, apoyada en el marco de la ventana, con gesto de derrota, la cabeza agachada, los hombros hundidos–. Por supuesto. Adiós.

A Idris se le encogió el pecho, sintió que la ira lo invadía, se preguntó si Arden habría estado enamorada de Hamid, si tanto le dolía terminar la relación que había tenido con él.

Idris se consideraba un hombre civilizado, pero en aquel momento, si hubiese tenido delante a su primo, le habría dado un puñetazo y lo habría encerrado en una mazmorra.

Entró en la habitación y sus botas de montar hicieron ruido en las delicadas baldosas.

Arden levantó la mano e Idris vio sus ojos llorosos y las mejillas encendidas antes de que se girase a dejar el teléfono en la mesita de noche.

Cuando volvió a mirarlo ya estaba más tranquila.

–Preferiría que llamases antes de entrar en mi habitación –le dijo, cruzándose de brazos.

Él se preguntó si sabría lo provocativa que estaba, con el pelo suelto y rizado sobre los hombros y aquella actitud distante, que lo instaba a tumbarla en la cama y poner fin a la farsa.

Pero lo cierto era que había estado llorando por su primo. Y la idea dejó a Idris helado.

–Tendrás que acostumbrarte a mi presencia aquí.

Arden separó los labios para hablar, pero él continuó:

–Pretendo ver a mi hijo con regularidad y establecer una relación con él. No sé si recuerdas que tengo que recuperar tres años perdidos.

Ella asintió lentamente.

—Por supuesto —respondió con la voz quebrada—, pero no en mi habitación.

Idris se sintió tentado a informarle de que aquel era el dormitorio real, que compartían el jeque y la jequesa, pero la vio tan vulnerable y triste que no lo hizo.

Además, se había prometido a sí mismo que se mantendría alejado de la cama de Arden. Ya había suficiente escándalo. Respetaría la tradición y a su futura esposa, temporalmente.

—En ese caso, ven al salón. Tenemos que hablar.

Arden lo vio desaparecer y luchó contra el calor que su presencia le causaba.

Se preguntó si siempre sería así. Si siempre le temblarían las rodillas cuando estuviese con Idris.

Apretó los labios y se dijo que le ocurría porque había sido su primer y único amante, pero que, con el tiempo, lo miraría y no sentiría nada.

Aunque en el fondo sabía que era mentira.

No quería tener que enfrentarse a él, pero no tenía elección.

Lo vio cerca de la ventana, con las piernas separadas, los brazos en jarras, el rostro sombrío. Parecía ser el rey de todo lo que abarcaban sus ojos.

Arden contuvo una carcajada. Así era. Idris era el rey.

—¿Querías hablar? —le preguntó, dejándose caer en un sillón e intentando no pensar que tenía un mal presentimiento.

–Sí. Tenemos que establecer una serie de normas básicas.

–¿Normas básicas? –preguntó ella, arqueando una ceja.

–No hemos hablado de las expectativas que tenemos el uno del otro.

–¿Como, por ejemplo, el hecho de no entrar en mi habitación sin llamar antes?

Él apretó los labios, pero asintió.

–Más o menos.

Arden intentó pensar con claridad. Estaba agotada y estresada, así que aquel no era el mejor momento para hablar con Idris, pero sabía que tenía que hacerlo.

–Quiero poder participar en todas las decisiones que afecten a Dawud, en lo relativo a su educación, a su vida.

Idris frunció el ceño.

–Aquí tenemos unas tradiciones con respecto a la educación del príncipe heredero.

–Y yo intentaré respetar todas las que pueda, pero insisto en mi derecho a decidir, contigo.

Ya estaba haciendo una enorme concesión. Siempre había tomado sola todas las decisiones relativas a su hijo. Tener que aprender a compartir iba a ser duro y le asustaba, pero había accedido a vivir allí por el bien de Dawud. Y tenía que conseguir que funcionase, independientemente de los sacrificios personales que tuviese que hacer.

–Si no me gustan tus tradiciones, espero que permitas que te dé mi opinión. Y lo quiero por escrito –le dijo–. Si no puedes aceptar eso, no hay trato.

Idris arqueó las cejas.

–¿Intentarías dar marcha atrás y no casarte?

Arden levantó la barbilla.

—No lo intentaría, lo haría. He aceptado tus condiciones viniendo a vivir aquí y accediendo a casarme, pero no voy a renunciar a mi derecho a decidir lo que es mejor para mi hijo.

Idris la observó en silencio durante unos segundos, después, asintió con brusquedad.

—Me parece justo. Estoy de acuerdo.

Arden notó que se le aceleraba el corazón. No había pensado que sería tan fácil.

—¿Qué más?

¿Qué había tan importante como su hijo?

—No quiero incumplir las tradiciones de Zahrat, pero preferiría llevar mi propia ropa, ropa occidental, la mayor parte del tiempo. No estaría cómoda con velo.

Él esbozó una sonrisa.

—Tal vez no te hayas dado cuenta, pero el velo es opcional. Muchas mujeres, al menos en las ciudades, optan por vestir de manera occidental. Zahrat es tradicional en muchos aspectos, pero son pocas las personas que esperarían que una mujer europea se vistiese de manera tradicional.

Hizo una pausa.

—¿Algo más?

Debía de haber muchas cosas, pero en esos momentos a Arden no se le ocurría ninguna más. Salvo...

—Aunque sé que este no es un matrimonio normal, preferiría que mantuvieses tus... relaciones en privado. No quiero saber de ellas ni que Dawud oiga hablar del tema cuando sea mayor.

—¿Mis relaciones? —repitió él, poniéndose serio.

—Tus amantes —le explicó Arden—. Te agradecería que fueses discreto.

Él asintió brevemente.

—Entendido.

Arden intentó sentirse aliviada, pero en realidad se sintió insegura. Su futuro marido había accedido a mantener sus aventuras en secreto, pero el suyo seguía siendo un matrimonio de conveniencia. No obstante, le resultó extraño hablar de otras mujeres cuando en realidad ella todavía deseaba compartir con Idris lo que jamás había compartido con nadie más. No solo el sexo, sino la maravillosa sensación de sentirse apreciada, especial.

—¿Arden?

—¿Sí?

—Te he preguntado si hay algo más.

Ella negó con la cabeza.

—Ahora mismo no se me ocurre. Si me perdonas...

Hizo amago de levantarse.

—No tan deprisa. No has escuchado mis expectativas —le dijo él con los ojos brillantes.

Y Arden se quedó repentinamente sin aliento.

—¿Te parece poco que haya venido aquí y haya accedido a casarme contigo? Soy la única que ha hecho concesiones —le dijo ella, intentando ocultar los nervios.

—Lo creas o no, ambos estamos haciendo concesiones, Arden —le dijo él.

Y Arden pensó en la princesa Ghizlan, tan bella y encantadora, y con tanto pedigrí.

—De acuerdo. ¿Qué más?

—Ya que lo mencionas, nada de amantes. Ni siquiera en secreto. Cuando te cases conmigo, me tendrás que ser fiel.

Arden lo miró fijamente. No entendía que Idris le pidiese aquello, cuando el suyo no iba a ser un matrimonio de verdad. Aunque en realidad no había sentido interés por nadie desde que había conocido a Shakil, sobre todo, desde que Dawud había nacido y estaba siempre exhausta.

–De acuerdo.

A él pareció sorprenderle que accediese con tanta facilidad.

–Y preferiría que hablases con mi primo lo menos posible. La amistad entre un hombre y una mujer no se entiende bien en Zahrat, y la tuya con mi primo podría malinterpretarse.

–No me pides mucho, ¿no?

Idris no dijo nada, se limitó a esperar su respuesta.

Arden sintió ganas, una vez más, de llevarle la contraria, pero Hamid también le había dicho que no podrían seguir siendo amigos cuando se casase con su primo.

–Muy bien –murmuró–. Evitaré el contacto con Hamid.

Hizo una pausa y esperó, pero de repente se dio cuenta de que no podía más, así que se levantó.

–Si eso es todo, me gustaría estar sola. Estoy cansada del viaje.

Estaba yendo hacia la puerta cuando la voz de Idris la detuvo.

–No es todo.

–Dime –respondió, girándose hacia él.

–La boda.

–¿Sí?

Idris había dicho «la boda», no «nuestra» boda. La ceremonia formal que sellaría su destino y el de Dawud. Arden se estremeció solo de pensarlo.

–Tendrá lugar dentro de diez días –comentó Idris sin rastro de emoción.

–¿Tan pronto? –preguntó ella, llevándose una mano al pecho.

Él se encogió de hombros.

–No tiene sentido esperar más. Cuanto antes solucionemos esta situación, mejor.

Había dicho situación, pero se refería a aquel escándalo. Al hecho de tener que casarse con la mujer equivocada, de tener un hijo ilegítimo.

–No te preocupes, tú no tendrás que hacer nada.

En otras palabras, que su opinión no importaba.

Arden se dijo que era lo mejor.

–¿Y si quiero invitar a alguien?

–Habla con Ashar, él se ocupará de las invitaciones.

–Lo haré. ¿Eso es todo?

Idris frunció ligeramente el ceño. ¿Por qué? ¿Había esperado que Arden quisiese decidir el tamaño del pastel o el color de la decoración? Ella prefería que otra persona se ocupase de todo.

–Eso es todo.

–Bien. Hasta luego.

No tenía que haberle preocupado que Idris pudiese entrar en su habitación. En diez días no estuvieron en ningún momento a solas.

Y a Arden que le había preocupado que quisiera compartir su cama.

Al menos, lo de construir una relación con su hijo lo había dicho en serio. Idris desayunaba con ellos y luego iba a jugar con Dawud o a leerle un cuento en su idioma después del baño. El brillo en los ojos de Idris cuando estaba con el niño, el calor de su risa, hacían que Arden recordarse los días que habían pasado juntos en Santorini. La diferencia era que aquella relación sí que iba a durar. Porque, para sorpresa de Arden, veía algo parecido a amor en la expresión de Idris cuando miraba a su hijo. Había entre ambos una conexión real, que aumentaba con el tiempo. Y a ella se le hacía un nudo en la garganta cuando los veía juntos. Se decía que había hecho lo correcto, que Dawud necesitaba a su padre también.

No obstante, Ashar siempre esperaba a Idris a un lado, le recordaba su siguiente reunión, y eso hacía que Arden se preguntase si no paraba nunca de trabajar.

Tanto mejor, porque ella no quería tener que verlo a solas. También tenía mucho que hacer.

Tenía clases de idiomas, de costumbres y de historia de Zahrat, además de un gran número de reuniones. Tenía que decidir si llevaría para su boda un exquisito vestido de seda color marfil, si permitiría que un grupo de mujeres bordase la tela con dibujos tradicionales, si iba a visitar la escuela de Leila, la niña que le había dado las flores el día de su llegada.

Tenía los días muy ocupados y siempre estaba nerviosa porque sabía que era inevitable que cometiese errores. Le resultaba imposible pensar que iba a estar a la altura de lo que Idris esperaba de ella. Y se preguntaba si aceptarían a Dawud si ella fracasaba. A pesar del agotamiento, estaba demasiado tensa para dormir.

No obstante, aquella noche iba a dormir. Los preparativos de la boda habían empezado al amanecer y habría no una, sino dos ceremonias, una en inglés y otra en Zahrati, seguidas de un banquete y de celebraciones.

Tenía el estómago encogido mientras seguía a sus asistentes por los pasillos del palacio. Según se iban acercando a los salones oficiales, la decoración se iba haciendo todavía más lujosa. Con cada paso, Arden sentía el roce de la tela del vestido en sus piernas, el peso del antiguo collar de perlas que llevaba puesto, tan increíble que no le había parecido real. Hasta que le habían puesto en la cabeza la diadema nupcial, que tenía delicadas flores de rubíes y zafiros, con brillantes pétalos de perlas.

Arden sintió tensión en el cuello, le dolía. Se dijo que era por el miedo a inclinar la cabeza y que se le cayese la diadema a pesar de que la llevaba sujeta con horquillas.

Aunque en el fondo sabía que era la idea de casarse con Idris lo que la ponía tensa. Se detuvo frente a las enormes puertas doradas y sintió que el corazón se le iba a salir del pecho.

¿Estaba haciendo lo correcto?

Estaba haciendo lo que le parecía mejor para su hijo.

No obstante, estaba más nerviosa que cuando se había puesto de parto.

Su séquito se movió de un lado a otro, estirándole el vestido, ajustándole las joyas. Una señora muy elegante le tomó la mano y le dijo algo con voz cantarina. Las otras mujeres susurraron las mismas palabras, sonriendo, y ella imaginó que sería una especie de bendición.

Iba a preguntarles qué estaban diciendo cuando las puertas se abrieron y oyó risas, músicas y voces. Se quedó de piedra. Ya había visto antes el salón de los mil pilares. Era uno de los más espectaculares del palacio, pero nunca lo había visto tan lleno. Daba la sensación de que toda la ciudad estaba allí.

Estaba aturdida, pero tragó saliva y se dijo que no se iba a desmayar.

De repente, se hizo el silencio y todo el mundo se giró a mirarla. Volvió a respirar hondo, se dijo que tenía que entrar, pero tenía los pies clavados al suelo.

Oyó un ruido, los pasos firmes de un hombre acercándose a ella, algo y espectacular, vestido de manera tradicional, de blanco y oro.

Y a Arden se le aceleró el corazón al darse cuenta de quién era, tan imponente, tan atractivo. Se recordó que no era un matrimonio real, que se casaba para proteger a su hijo, pero cuando Idris le sonrió y tomó su mano, sintió calor por todo el cuerpo. Se inclinó hacia él con tanta naturalidad como lo había hecho años antes, cuando lo había amado con todo su joven corazón.

—Estás preciosa, Arden. Impresionante —le dijo él en voz baja, rozándole la sien con los labios.

Y fue entonces cuando ella se dio cuenta de lo peligroso que era aquello. De lo fácil que le sería creer en la fantasía de que había algo entre Idris y ella.

Era como si quisiese creer que Idris la deseaba, la respetaba, la amaba.

Arden cerró los ojos e hizo acopio de valor.

Cuando volvió a abrirlos Idris seguía allí, seguía siendo el sueño de cualquier mujer hecho realidad.

Pero no era más que la otra parte de un contrato, no era su amante. Juntos protegerían a Dawud y le darían el futuro que se merecía.

—Gracias por el cumplido —le respondió—. Tú también estás espectacular.

Y permitió que la guiase dentro del salón, con la cabeza alta, la espalda recta y una sonrisa anclada en los labios.

Arden se tambaleó, agotada, mientras sus sirvientas la ayudaban a quitarse el maravilloso vestido de novia y la guiaban hasta el baño. Salía vapor de la bañera y el agua estaba cubierta de pétalos de rosa.

Era un baño digno de una reina.

De repente, Arden necesitó estar sola.

Había hecho todo lo posible por cumplir con su parte, había estado sonriendo todo el día, no se había inmutado cuando Idris había tomado su mano para llevarla hasta el trono, ni cuando le había dado de comer las exquisiteces que le habían servido en un plato con los ojos brillantes, con un gesto que cualquiera habría confundido con deseo. Aunque Arden sabía que le habían brillado de satisfacción al saber que todo había salido bien.

Pero ya no podía más.

—Muchas gracias, pero no —le dijo a la sirvienta que se disponía a ayudarla a bañarse—. Prefiero hacerlo sola.

Tardó unos segundos en convencerla de que hablaba en serio. Ya la habían ayudado a quitarse la ropa interior de encaje, las horquillas del pelo y a meterse en la bañera.

Suspiró. ¿O fue un gemido? El agua caliente aliviaba la tensión de sus músculos. Por primera vez en horas, empezó a relajarse.

Estaba medio dormida, con la cabeza apoyada en una especie de almohadón, cuando oyó que se abría la puerta.

—Estoy bien —murmuró—. No necesito ayuda.

—¿No quieres que te frote la espalda? —le preguntó una voz profunda y suave, que le acarició hasta la piel.

Capítulo 8

SALPICÓ agua al incorporarse para girarse hacia la puerta.

—¡Idris! —susurró.

Pero se quedó sin habla al verlo.

Se había quitado la ropa de la boda y llevaba solo unos pantalones de algodón fino. Tenía el torso desnudo, musculoso, dorado, con una ligera capa de vello oscuro que se estrechaba y desaparecía a la altura de la cintura. Arden recordó haberse sentido fascinada por aquella línea de vello y recordó adónde conducía.

Tragó saliva.

Y levantó la vista a sus ojos. La mirada de Idris, brillante, intensa, le recordó que estaba desnuda.

Ella se llevó las rodillas a los pechos y se las abrazó.

—¿Qué estás haciendo aquí?

Él sonrió de manera muy sensual y Arden sintió calor entre las piernas.

Era la primera sonrisa de verdad que le dedicaba en cuatro años y la hizo sentirse igual que en Santorini, como una chica joven, inocente y enamorada.

Y odió que pudiese hacer que se sintiese así.

—¿Qué haces aquí, Idris? —repitió.

—A mí me parece que es obvio —respondió, acercándose y agachándose a su lado—. He venido a ayudar a mi esposa a bañarse.

–Lo de esposa es solo de nombre. Y soy perfectamente capaz de bañarme sola.

–¿Por qué ibas a hacerlo, teniendo un marido dispuesto a ayudarte?

–Marido solo de nombre –volvió a decir ella, mo-
lesta al notar que su cuerpo reaccionaba al aspirar su
olor a sándalo y a hombre.

Era como si no hubiesen pasado cuatro años.
Como si siguiese locamente enamorada de él.

–Todo lo contrario, nuestro matrimonio es real, ha
habido dos ceremonias.

Ella negó con la cabeza.

–Me prometiste que no entrarías en mi habitación
sin permiso –argumentó, intentando que no le tem-
blase la voz.

Durante los cuatro últimos años, Idris la había vi-
sitado en sueños y en ellos le había recordado que,
además de ser una madre soltera agotada, también era
una mujer con necesidades.

Idris apoyó el brazo en el borde de la bañera, a esca-
sos centímetros de su hombro, y ella se estremeció
como si la hubiese tocado.

–En eso te equivocas. Me lo pediste, pero yo no
llegué a aceptar esa condición.

Idris levantó la otra mano y pasó las puntas de los
dedos por el agua, cerca de su rodilla. No la tocó, pero
las ondas que creó le acariciaron la piel.

–¡Para! Deja de jugar. No eres bienvenido aquí y lo
sabes –mintió Arden, temblando de deseo por él–. Nos
hemos casado por motivos pragmáticos. No por amor.

Idris sacudió la cabeza.

–Pero eso no significa que tengamos que mantener
las distancias. ¿Por qué íbamos a hacerlo, si nos de-
seamos el uno al otro?

–Yo no... –empezó ella, pero se interrumpió cuando Idris le tocó la rodilla.

Se estremeció de placer, pero se apartó y se abrazó las piernas con más fuerza.

–¿Por qué no te diviertes con una de tus amantes y me dejas en paz?

–¿Una de mis...?

–No te quiero en mi habitación –insistió.

–Para empezar, la habitación es de los dos –la corrigió Idris, que había dejado de sonreír–. Mi baño y mi vestidor están al otro lado del dormitorio. Solo he estado durmiendo en otro lugar hasta el día de la boda.

Arden se quedó sin palabras al oír aquello.

–Para continuar, no tengo amantes. No he tenido ninguna amante desde... desde hace mucho tiempo. He estado ocupado con otras cosas.

Tomó aire antes de continuar.

–¿De verdad piensas que me iría con otra mujer en mi noche de bodas? –preguntó.

Parecía enfadado, como si Arden lo hubiese insultado.

–¿Por qué no? Salvo que pienses que, por estar cerca, estoy disponible. Si es así, estás muy equivocado. No puedes pasarte varias semanas haciendo como si no existiese y después venir aquí y esperar que mantengamos relaciones íntimas.

–¡Que he hecho como si nos existieses! Si nos hemos visto todos los días –replicó él–. He pasado todo el tiempo posible intentando ponerte las cosas fáciles, intentando que tanto Dawud como tú fueseis aceptados, para que podamos vivir en paz y tranquilidad.

A Arden le gustó oír aquello, pero, muy a su pesar, no era suficiente.

–Yo no soy una obligación más –le contestó–. Soy una persona. No puedes tratarme como a una extraña y después esperar que quiera acostarme contigo.

Él se acercó más, parecía furioso. Y, aun así, el cuerpo de Arden estaba deseando que la devorase.

–¿Piensas que te he tratado como a una extraña? –repitió Idris–. ¿Que he hecho como si no existieses?

Negó con la cabeza lentamente y le agarró la rodilla. Y a ella se le cortó la respiración.

Arden nunca se había sentido tan cerca de ningún otro hombre. No podía negar la conexión que había entre ambos.

–Llevo diez días matándome a trabajar y obligándome a no venir a tu cama –rugió él–. Diez días haciendo lo correcto, tratándote con el respeto con el que se trata a una prometida. No te he tocado porque te respeto. Y quería que todo el mundo lo supiese.

Idris se acercó más, se acercó tanto que Arden no pudo ver nada más.

Arden sintió que se ahogaba en un mar de sensaciones. El roce de su mano en la rodilla, la embriagadora promesa de placer que había en sus ojos oscuros, su olor, a hombre y a sándalo, incluso el sonido de su respiración, firme y fuerte, hacían que se hundiese en un pozo de deseo.

–¿Y solo porque me deseas tengo yo que recibirte con los brazos abiertos? –le preguntó, asustada por la idea de rendirse físicamente a él.

–No, *habibti*. Me vas a recibir con los brazos abiertos porque tú también me deseas a mí. Eso no ha cambiado, ¿verdad? El deseo sigue siendo tan fuerte como siempre.

Arden separó los labios para negarlo, pero entonces se dio cuenta de que Idris había quitado la mano de su rodilla y la había metido debajo del agua.

La acarició entre las piernas y ella dio un grito ahogado y se puso tensa, apretó los muslos. No obstante, ya era demasiado tarde. Él ya estaba allí.

—¡Para! —le pidió.

La sensación era demasiado perturbadora y Arden tuvo que agarrarse a ambos lados de la bañera.

Lo miró fijamente a los ojos y le dijo:

—No quiero esto.

Pero no era cierto. Su orgullo la obligaba a rechazarlo, pero la mujer que había en ella lo deseaba.

—Si pensase que es cierto, saldría inmediatamente de aquí —le dijo él, dejando de acariciarla.

Y Arden se dio cuenta entonces de que había levantado las caderas hacia su mano, que se había apretado contra él.

Un movimiento revelador.

Contuvo un sollozo, se sentía avergonzada, desesperada. Volvía a desearlo, todavía lo deseaba. Como si no hubiese pasado cuatro años sola.

En vez de enfadarse, Idris le dijo:

—Deja que te ayude. Llevas todo el día tan tensa que pensé que te ibas a romper.

Arden abrió la boca, pero no dijo nada porque él volvió a tocarla. En esa ocasión Idris profundizó la caricia un poco más.

Y ella se aferró a la bañera con una mano y a su hombro con la otra.

—Muy bien —susurró él, con voz reconfortante, sensual—. Agárrate a mí.

Mirarlo a los ojos era como perderse en el cielo de media noche. Lo tenía tan cerca que podía ver perfectamente sus pupilas negras. Si no hubiese sido por la intensidad de su mirada, Arden habría dicho que era una mirada tierna. Lo suficientemente tierna como para aliviar su alma lacerada, confundida.

Entonces dejó de pensar porque Idris la hizo llegar al límite y explotar de placer.

Él la miró a los ojos mientras se sacudía y se iba quedando realmente desnuda delante de él. No le quedaba energía para mantener la mentira de que no lo deseaba tanto como cuatro años atrás.

Arden sintió triunfo y ternura al ver que Arden se deshacía con sus caricias. Notó cómo se contraían sus músculos internos, la oyó gemir, notó su aliento caliente en el rostro, notó cómo se agarraba a su hombro con tanta fuerza que iba a dejarle una marca en la piel. Y todo sin dejar de mirarlo a los ojos.

Idris tuvo la sensación de que había esperado toda una vida para poder poseerla, no un par de semanas. Era todo un milagro que no se hubiese desnudado y la hubiese hecho suya allí, en el agua.

Pero Arden no le ponía las cosas fáciles nunca, ni siquiera en su noche de bodas. ¡Hasta lo había acusado de tener una amante! ¿Qué clase de hombre pensaba que era?

Lo enfurecía que pudiese pensar así de él, que lo único que había hecho era tratarla con respeto...

Arden parpadeó y, para sorpresa de Idris, sus bonitos ojos se humedecieron. A él se le encogió el estómago al verlo. Arden hizo una mueca y apartó la cabeza, e Idris solo pudo ver su pelo mojado, su hombro y su cuello.

¿Se arrepentía de aquello?

Idris apartó la mano lentamente. A pesar de haberle dado placer a Arden, no había logrado llegar a ella. Sabía que le había hecho mucho daño, que había sufrido mucho cuando él se había marchado de Santorini sin despedirse, pero había pensado que estaba preparada para empezar de cero. Había estado seguro de que lo deseaba tanto como él a ella.

¿De verdad había esperado que todo fuese tan sencillo?

El destino se estaba riendo de él y de su ego.

La vio mordiéndose el labio inferior y pensó que tal vez su cuerpo estuviese preparado para recibirlo, pero, emocionalmente, Arden no estaba lista.

Idris la recordó con la cabeza agachada y la voz triste, hablando por teléfono con su primo. Arden le había dicho que no era su amante, pero era evidente que había algo entre ambos, o lo había habido hasta que Idris había vuelto a su vida.

Respiró con rapidez, intentó no aspirar el olor dulce de mujer, se dio la media vuelta e intentó olvidarse de poseerla.

—¿Idris? —preguntó ella con voz ronca, suave—. ¿Adónde vas?

Tenía los hombros firmes.

—No voy a obligar a una mujer que no quiere estar conmigo —respondió, sintiéndose más dolido de lo que jamás habría creído posible.

Idris oyó ruido de agua y notó que le salpicaban el dorso de las piernas.

—Lo de que no quiero estar contigo es una exageración —continuó Arden casi sin aliento—. Estaba segura de que no quería esto, pero ya no sé qué pensar.

Había tanto dolor en su voz que le dolió a él también.

Idris cerró los ojos e intentó ser fuerte. Estaba

completamente excitado y necesitaba aliviarse, necesitaba a Arden. Quería estar en su interior, necesitaba sentir cómo volvía a llegar al orgasmo estando dentro de ella. Quería que se rindiese completamente. Quería que gritase su nombre, su nombre y el de ningún otro hombre.

No se veía capaz de pasar otra noche más sin ella.

Apretó los puños y se giró.

Y todo, sus pensamientos, su determinación, incluso su orgullo, se derritió al verla, de pie en la bañera. Con el pelo mojado y el rostro encendido. Los labios entreabiertos y los ojos brillantes. Y, entre los muslos, una V oro y rosa, ocultando la entrada al Paraíso.

Levantó la vista de nuevo, fascinado por las estrías que cubrían su vientre, las marcas que probaban que había llevado dentro a su hijo.

Nunca había deseado tanto a una mujer, nunca había sentido aquella necesidad tan primitiva de poseerla.

–No juegues conmigo, Arden –le dijo.

–No estoy jugando –respondió ella, tragando saliva–. Pensé que podría guardar las distancias, pero no puedo. Estaba equivocada. Todavía te deseo.

No parecía contenta al respecto. E Idris la entendía, él también sentía una mezcla de emociones: tensión, deseo y algo parecido a miedo. Desde el principio había sentido algo más por Arden. Con ella, el deseo, la emoción, habían sido más intensos, más reales.

Ella alargó los brazos, estaba mojada.

–Hazme tuya –le pidió, mirándolo fijamente a los ojos.

No hizo falta que se lo repitiese. La tomó en brazos y con ella pegada al cuerpo fue a la habitación de al lado.

Habían retirado la colcha que cubría la enorme cama y las sábanas estaban salpicadas de delicados pétalos.

Los movimientos de Idris no fueron en absoluto delicados. En cuatro pasos estaba en la cama, un instante después había tumbado a Arden en ella y después se había puesto encima, apretándose contra su cuerpo mojado.

Oyó un gemido y no supo si había sido ella o él. No importaba. Arden lo estaba acariciando muy despacio y había levantado las piernas para abrazarlo por la cintura.

Sus labios se unieron y, a partir de entonces, fue ella la que impuso el ritmo, la que lo sedujo con los movimientos de su lengua.

Idris se dio cuenta de que había perdido el control sobre su cuerpo, que se movía solo, incitado por la sensual mujer que estaba con él. El instinto y el deseo eran su motor. Empezó a quitarse los pantalones.

Estaba volviendo a pegarse al delicioso cuerpo de Arden cuando el sentido común le hizo detenerse un instante.

—¿Qué ocurre? —le preguntó ella.

—Un preservativo —respondió Idris, a pesar de que lo que más deseaba era estar en su interior sin que hubiese ninguna barrera entre ambos.

Alargó el brazo hacia la mesita de noche. No habían hablado de futuros embarazos y, por ese motivo, él había llevado una caja de preservativos.

—¿Tan seguro estabas? —le preguntó ella con cierta tensión.

Él se puso el preservativo y volvió a su lado.

—Estaba seguro de lo que había entre nosotros —le respondió—. Esto es mutuo, Arden. Tienes que saberlo. Te he deseado desde que volví a verte en Londres.

Ella lo miró fijamente a los ojos, como si quisiera comprobar en ellos la verdad de sus palabras. Entonces Idris le acarició un pecho y ella contuvo la respiración.

Era tan suave, tan delicada, tan perfecta para él. ¿Cómo había podido estar tantos años sin buscarla e invitarla a su cama?

Idris bajó la cabeza para capturar uno de sus pezones con los dientes y mordisqueárselos con suavidad. Luego se lo lamió y recordó su olor. Olía a los aromas del baño, a flores y a frutas, pero también olía a ella. Siempre había tenido su olor grabado en la memoria.

La oyó gemir y volvió a mordisquearla, con más fuerza. Le era difícil controlarse.

Arden se aferró a sus hombros y se retorció. E Idris supo que ella tampoco podía esperar más.

Se colocó entre sus muslos y entró en la que era su casa de un solo empellón.

Ella gimió y él la besó.

Arden lo abrazó por la espalda y lo apretó contra su cuerpo. Y él se retiró un poco y después volvió a empujar con más fuerza.

Sintió que le ardían la garganta y el pecho, que le ardía la sangre de todo el cuerpo. Era perfecto.

Un movimiento más y ambos llegaron al clímax juntos, temblaron a la vez. Idris se contuvo para no gritar, pero notó cómo todo su mundo se hacía pedazos con aquella sensación, de placer y dolor, que era más fuerte que ninguna otra cosa que pudiese recordar.

Capítulo 9

ARDEN estaba completamente saciada y sin fuerzas, pero Idris no podía apartar las manos de ella. Habían dormido menos de una hora, pero Idris se puso otro preservativo y pasó la mano por la sinuosa curva de su hombro, la bajó hasta la delgada cintura y después le acarició la cadera. Estaba tumbada de lado y la postura enfatizaba todavía más sus curvas de mujer.

Idris apoyó la mano en el vientre y la bajó para acariciarla entre los muslos. Ella suspiró profundamente y cambió de postura. Él sonrió y se acercó más. Inmediatamente, Arden apretó el trasero contra su erección.

Él se quedó sin aliento. Tenía el corazón tan acelerado que Arden tenía que sentirlo en la espalda.

−¿Shakil? −murmuró medio dormida.

Y él sonrió.

Estaba medio dormida, pero sabía que era él. Idris no quería pensar en que debía de haber habido otros hombres en su vida. Aunque no fuese razonable, quería ser el único hombre de su vida.

Imaginó que aquello se debía, en parte, a que sabía que había sido su primer amante.

«A eso, y a que es tu esposa».

«Tu vida ha cambiado para siempre».

Pero ni la voz de la razón podía hacer menguar la emoción de tenerla en su cama.

Era suya.

La acarició entre los muslos y ella suspiró y echó hacia delante la pelvis. Tal vez estuviese dormida, pero lo deseaba. Él la besó en el cuello y probó su dulce sabor. Después le mordisqueó el lóbulo de la oreja y notó cómo se estremecía y arqueaba la espalda contra él.

Pero no era suficiente.

—Dime qué quieres.

Idris necesitaba oírlo otra vez.

—A ti. Te quiero a ti —le dijo ella, con la voz ronca por el deseo.

Y aquello lo excitó tanto como su sensual cuerpo. O más.

Arden volvió a apretar el trasero contra su erección e Idris se puso de rodillas y la agarró por la cintura para colocarla en la misma posición, delante de él. La sujetó por las caderas, la apretó contra su cuerpo y esperó. Esperó en parte para recuperar un poco el control y en parte también para ver cómo reaccionaba ella.

Arden se aferró a las sábanas y lo empujó con las caderas.

Idris pensó que aquella era una tortura exquisita. Y volvió a decirse que estaba más excitado que en toda su vida.

¿Había sido siempre así? Había creído imaginárselo, pero en esos momentos, mientras la penetraba de nuevo, supo que su memoria no había exagerado.

Arden movió las caderas para que pudiese penetrarla mejor e Idris supo que volvía a estar al borde del clímax.

¿Dónde estaba su paciencia? ¿Su pericia sensual? ¿Su capacidad para disfrutar del sexo y del placer con su compañera?

Lo había perdido todo al entrar en el cuerpo de Arden.

Desesperado, se inclinó más sobre ella, le acarició los pechos y se movió en su interior.

La vio aferrarse a las sábanas y aumentó la intensidad de las caricias y de los movimientos.

—¡Sí! —gritó ella triunfante—. Sí, sí, sí. ¡Shakil!

Y sus músculos internos se contrajeron a su alrededor, haciendo que Idris llegase al orgasmo también.

Gimió, la agarró por las caderas y se vació completamente.

Lo último que pensó antes de dejarse caer en la cama, antes de tumbarse de lado junto a ella, fue que la siguiente vez se lo tomaría con más calma.

Arden entrecerró los ojos, la claridad la molestaba. Todavía no podía ser hora de levantarse. No habían dormido nada.

Sintió calor por todo el cuerpo solo de pensar en cómo habían hecho el amor. Con desesperación.

Entonces se corrigió, no habían hecho el amor, había sido solo sexo.

Y entonces sintió decepción. Consigo misma, por no poder evitar querer más.

Abrió los ojos por completo y se fijó en la cama deshecha, el sol entrando por la ventana, y en que su marido no estaba allí.

Tal vez hubiese habido pétalos de rosas sobre la cama, pero aquel no era ese tipo de matrimonio. No era más que un acuerdo que ella había firmado por el bien de su hijo.

—Te veo pensativa esta mañana.

Idris se acercó a la cama. Tenía el pelo mojado, se estaba abrochando la camisa.

A Arden se le aceleró el corazón y se le encogió el estómago. Por mucho que se dijese que no sentía nada por él, su cuerpo la traicionaba.

Necesitaba controlar aquello si no quería ser completamente vulnerable.

—Necesito dormir más.

Pero cuando lo miraba no pensaba precisamente en dormir. Lo miró a los ojos y se dio cuenta de que él estaba pensando lo mismo. ¿De dónde sacaría las fuerzas?

—En ese caso, duerme. Yo tengo que despedirme de los invitados que han pasado la noche aquí.

Muy a su pesar, Arden se sentó y se tapó con la sábana de algodón.

—Si me das quince minutos, te acompañaré.

Prefería no quedarse allí, dándole vueltas a la cabeza. Tenía que cumplir con su papel, por el bien de Dawud.

—No es necesario —respondió él sonriendo de un modo que podría haberse descrito como petulante—. Nadie espera verte hoy.

Arden frunció el ceño.

—¿Y a ti, sí?

Él tomó su reloj de la mesita de noche que estaba llena de envoltorios de preservativos y volvió a sonreír.

—Soy un hombre fuerte, en la flor de la vida, así que se supone que todavía tengo fuerzas después de la noche de bodas —comentó.

–¿Y la novia, no?

Él se encogió de hombros.

–Es posible que la novia esté todavía un poco tierna y necesite descansar.

–¿Después de toda una noche con su recién estrenado marido?

–Eso es. Si te presentases conmigo, los decepcionarías. La gente pensaría que no he cumplido con mi deber como marido.

Aquello le sentó a Arden como un jarro de agua fría. Su deber como marido.

–No me has hablado nunca de aquel día, en Santorini. El mensaje que me enviaste.

–¿Perdón? ¿Qué mensaje?

–Dijiste que habías mandado a alguien, pero no me has contado qué le pediste que me dijera.

Él la miró fijamente a los ojos.

–Ahora ya da igual. Lo único que importa es nuestro futuro.

«Sí que importa», pensó ella. Y, a juzgar por lo tenso que se había puesto Idris, importaba mucho.

–Anda, cuéntamelo. ¿Me iba a llevar contigo a París o...?

Idris respiró hondo, tardó en responder.

–Yo no fui a París. Mi tío estaba muy enfermo, así que tuve que volver aquí.

–¿Y cuál era el mensaje que me iban a transmitir? –insistió ella.

Notó que, por primera vez, Idris estaba perdido. No sabía qué decir.

–Que lo sentía mucho, pero que no podíamos estar juntos.

Arden se dijo que no la sorprendía, aunque no le gustase.

–Que adiós –le dijo.

Él asintió, pero casi no la miró. Después, salió de la habitación.

Era lo que Arden había esperado, a pesar de sus fantasías, que Idris le dijese que aquel día había pretendido despedirse de ella. Ella que, en su inocencia, se había enamorado de él. Para Idris había sido solo una diversión. Nunca había pensado en llevarla a su país.

Arden lo vio marchar y se dijo que era mejor saber por fin toda la verdad. Y que aquel era el mejor momento, después de haber hecho el amor con él. Ya no se podía engañar más.

Sintió dolor en el pecho, pero se obligó a respirar.

Aquello reforzaba las lecciones que le había dado la vida. Que al final siempre se quedaba sola. Primero la habían dejado sus padres biológicos, después, los padres de acogida, que habían decidido no adoptarla al enterarse de que iban a tener un hijo propio.

Y, por último, Shakil.

Era una suerte que ya no estuviese enamorada de él. Superaría aquello aunque Idris todavía le hiciese sentir demasiado.

La única persona a la que quería, y que la correspondía, era su hijo. Apartó las sábanas para ir al cuarto de baño y se dijo que no necesitaba más.

Al menos Idris había sido sincero. Se lo agradecía. Aquello dejaba claro que su matrimonio tenía el único objetivo de aliviar el escándalo y darle un buen futuro a Dawud.

Decidió darse una ducha para refrescarse, se vestiría e iría a ver a su hijo. Después se aplicaría en el proceso de convertirse en jequesa.

No importaba que se sintiese abrumada. No iba a

llorar. Tenía que ser fuerte. Aquello tenía que funcionar. Lo hacía por el futuro de Dawud.

Idris la encontró, pero no en la cama, sino jugando con su hijo en un jardín privado.

Intentó no sentirse decepcionado. Había vuelto en cuanto había podido, pensando que Arden estaría esperándolo en la cama. De hecho, le había faltado poco para echar a los invitados a patadas.

Le había molestado no encontrarla allí, desnuda. Aunque tenía que agradecer que fuese una madre tan cariñosa. ¿O no? ¿Acaso no era aquel el objetivo de su matrimonio?

–¡*Baba!* –lo llamó Dawud, sonriendo, nada más verlo.

Y a él se le encogió el corazón. Se agachó, abrió los brazos y esperó a que su hijo corriese a abrazarlo.

–Ten cuidado, está mojado.

Pero a Idris no le importaba. Abrazó a su hijo y no le importó que este le mojase la ropa.

Su hijo.

Los sentimientos que el niño despertaba en él lo habían sorprendido desde el principio. E iban en aumento. Además, hacían que todo lo demás perdiese importancia. Idris estaba más decidido que nunca a asegurar la paz de su país, porque eso significaba proteger a su hijo.

–*Baba*.

Dawud llevó la mano al rostro de Idris, le golpeó la mejilla y la nariz.

Él se echó a reír y se dio cuenta de que Arden lo miraba sorprendida. Era cierto que reía muy poco. Hasta que Arden y Dawud habían llegado, había pasado todo el tiempo trabajando. No obstante, había disfrutado mucho de las últimas semanas con ellos, a pesar de la tensión y de las crisis.

Saludó a Dawud en árabe y le sorprendió que este respondiese en el mismo idioma.

—¡Se acuerda de lo que le he enseñado!

—Aprende con rapidez.

Idris asintió, orgulloso. ¿Se sentirían así todos los padres? Idris había tenido más relación con sus tutores que con su padre.

—Quiere complacerte.

La voz de Arden le hizo levantar la mirada. Ella estaba de pie y se retorcía las manos, como si le estuviese costando un esfuerzo no agarrar a su hijo. Idris se preguntó si no confiaba en su buen hacer con el niño.

Pero entonces se fijó en que Arden también tenía la blusa azul mojada y se le transparentaba el sujetador de encaje que llevaba debajo.

Se incorporó con Dawud en brazos, pero el niño se retorció para que lo soltase. Entonces se dio cuenta de que tenía varios barcos de juguete flotando en los estanques construidos con pequeñas baldosas de lapislázuli, mármol y oro.

Hizo una mueca y dejó a Dawud en el suelo. Este corrió a jugar de nuevo.

—¿No te importa que juegue aquí? —preguntó Arden con cautela—. No hay un parque, pero pensé que aquí no molestaría a nadie, si está vigilado.

Idris pensó en que aquellos mosaicos eran del siglo XVI, tesoros nacionales, pero respondió:

—Me parece un lugar perfecto para que juegue con esos barcos. Ojalá los hubiese tenido yo de niño. Habrá que pensar en un parque de verdad. Tal vez con arena y columpios.

Se alegró al ver que el rostro de Arden se relajaba un poco.

—Eso sería perfecto. Gracias.

Aquello le confirmó lo que había sabido desde el principio, que tenía que ganarse a Arden a través de su hijo. Después de haber pasado toda la noche en sus brazos, seguía sin estar relajada.

Idris se preguntó si su hijo era lo único que los unía, le gustaba que este fuese tan importante para ella, pero también quería tener un lugar en su vida.

Entonces vio tensión en sus manos entrelazadas. Por supuesto que lo deseaba. No podía ser una amante más generosa, pero todavía no se conocían bien. Tenía que darle tiempo para que se acostumbrase a su nueva vida.

Idris se sentó en las baldosas calientes, detrás de su hijo, y alargó la mano para empujar un barquito. Dawud golpeó el agua, encantado, e Idris se contagió de su alegría y jugó con él sin importarle que se le mojase la ropa.

Arden puso una silla a la sombra de un árbol que había al otro lado del estanque y se sentó allí. A Idris le sorprendió que se lo estuviese poniendo todo tan fácil con el niño.

—Debe de ser difícil compartir a Dawud después de tanto tiempo.

A ella le sorprendió el comentario.

—Hay que... acostumbrarse. En el pasado solo corría hacia mí. Hacia mí y hacia su profesora de la guardería.

—¿Y no hacia Hamid?

Formular aquella pregunta fue un error. Arden se puso tensa de nuevo.

—Hamid siempre fue amable con Dawud, pero nunca se agachó a jugar con él.

A Idris le gustó oír aquello. No podía evitar sentir algo de celos al pensar en el tiempo que Hamid había pasado con Arden y Dawud en Londres.

–Hamid era un amigo. Nunca se comportó como un padre para Dawud.

–¿Y no era tu amante?

–Ya te lo he dicho y no te lo voy a repetir. Tienes que creerme –respondió ella, levantando la barbilla, pero sin levantar la voz porque su hijo estaba allí.

A Idris le gustaba que protegiese tanto a Dawud. Sintió orgullo, orgullo y admiración. Y, como siempre, deseo.

–Lo siento, Arden. Tenía que haberte creído desde el principio.

Y la creía, a pesar de los celos. Hamid también le había dejado claro que nunca habían sido amantes. Idris tenía que dominar aquellos celos. Estaban completamente fuera de lugar.

Arden provocaba en él emociones únicas, tanto positivas como negativas. E Idris quería entender el motivo. Comprenderla a ella.

–¿Por qué lo llamaste Dawud? ¿Por qué escogiste un nombre de mí país y no del tuyo?

Sobre todo, teniendo en cuenta que Arden había pensado que él se había marchado sin despedirse.

Ella se encogió de hombros.

–Fui a una exposición de artículos de Zahrat y me enteré de que habíais tenido un rey llamado Dawud. Me gustó el nombre y quise que nuestro hijo tuviese alguna relación con tu país.

–Eso fue muy generoso por tu parte, teniendo en cuenta lo que pensabas de mí –comentó él, frunciendo el ceño–. Me sorprendió.

Había sido uno de los motivos por los que había pensado que Hamid era su amante.

—¿No lo habrías aceptado si hubiese tenido un nombre inglés?

—Lo hubiese aceptado de cualquier manera, pero es más sencillo para mi pueblo si tiene un nombre que conocen.

Ella volvió a encogerse de hombros.

—Se parecía bastante a David, si después él quería cambiarse el nombre, pero me pareció que le gustaría tener algún vínculo con la cultura de su padre.

—¿Y por eso empezaste a aprender árabe tú? ¿Para enseñar a tu hijo?

Le fascinaba tanta generosidad.

—Quería que Dawud sintiese que pertenecía a algún lugar, aunque no conociese nunca a su padre. Me parece vital para un niño.

Por su manera de hablar y el brillo de sus ojos, Idris pensó que no se refería solo a Dawud. Intentó recordar lo que sabía de la historia de Arden, solo que no tenía familia. Tal vez aquello explicase su determinación a que Dawud conociese tanto su cultura materna como la paterna.

Iba a preguntarle al respecto cuando Dawud se puso a llorar.

—Se le ha pasado la hora de la siesta. Será mejor que me lo lleve a dormir.

—Yo lo llevaré.

Idris tomó a Dawud en brazos. Estaba mojado, pero no le importó, le gustaba abrazar a su hijo.

Entraron juntos en la habitación de Dawud y allí, a regañadientes, Idris soltó al niño. Tendría que volver a su despacho a trabajar, pero se detuvo un instante y observó a la madre y al hijo. Una vez más, sintió que se emocionaba.

–Gracias, Arden.

Ella levantó la cabeza, tenía el ceño fruncido.

–El rey Dawud era mi abuelo. Fue un gran líder, admirado por mi pueblo.

Había sido una pena que su hijo, el tío de Idris, no hubiese reinado como él.

–Me honra que llamases al niño como a él, y me alegra que pensases en darle ese regalo a Dawud. Podrías haber evitado cualquier contacto con mi país. Te agradezco lo que has hecho por él.

–Me parecía lo correcto.

Idris sabía que para muchas mujeres hacer lo que Arden había hecho habría sido ir demasiado lejos. Y la admiraba por ello.

Estaba descubriendo que Arden era mucho más que una compañera de cama sensual y la madre de su hijo. Era posible que tuviese la fuerza y la generosidad necesarias para convertirse en la jequesa que su reino necesitaba, en la esposa que no había sabido que quería tener hasta entonces.

Tal vez el matrimonio no fuese tan difícil como él había imaginado.

Capítulo 10

ARDEN se alisó la falda del largo vestido. La tela, de color plata, era muy suave y el corte, increíble. Todo lo mejor para la esposa del jeque.

Miró la ornamentada alianza que llevaba en la mano izquierda, prueba de que realmente era la jequesa.

E hizo una mueca. Su vida estaba llena de pruebas como aquella. No había vuelto a dormir sola desde la boda y se había acostumbrado a hacerse un ovillo contra el cuerpo caliente y fuerte de Idris. Casi se había acostumbrado también a excitarse cuando él la miraba con aquel brillo en sus ojos oscuros.

Había dejado de preocuparse por el hecho de que le gustase acostarse con él. Tenía que aceptar las ventajas de aquel matrimonio de conveniencia. En especial, cuando veía en su marido a aquel hombre encantador y atractivo al que había conocido antes de que tuviese que cumplir con sus deberes. El hombre que la hacía sonreír incluso después de un día agotador.

Era una pena que su papel de jequesa le resultase tan complicado.

Cuando veía a alguien inclinándose ante ella se sentía una impostora. Incluso cuando visitaba una escuela y los niños se mostraban fascinados con ella, se sentía como una intrusa. Disfrutaba estando con los niños, pero sabía que estos la consideraban una persona especial cuando en realidad era alguien normal y corriente.

Salvo por el hecho de haberse casado con Idris.

Todos los días luchaba con el más sencillo de los protocolos. Como, por ejemplo, entender la jerarquía de los políticos regionales... Al final había decidido tratar al todo el mundo con la misma educación que en Londres. Había visto arquearse algunas cejas, pero no podía hacerlo mejor. No la habían educado para aquello, como a la princesa Ghizlan.

Pensar en la princesa la hizo mirarse al espejo de cuerpo entero que tenía en el vestidor. No tenía el porte de Ghizlan, pero lo cierto era que aquella noche estaba distinta. Con el pelo recogido y un maravilloso vestido de alta costura, no se parecía en nada a la mamá soltera que había asistido a la recepción de Londres con un vestido prestado.

¿Se daría cuenta Idris de la diferencia?

«Por supuesto que sí. No se le escapa nada. Aunque a lo que tú te refieres es a si te va a apreciar como apreciaría a la princesa Ghizlan».

Arden pensó que era patética. Idris siempre se fijaba en ella y se sentía atraído por ella. Su pasión en la cama era prueba fehaciente de ello.

Pero también intentaba aprovechar al máximo las circunstancias, como ella. No la había elegido porque la amase, ni porque cumpliese con los requisitos de una princesa. En realidad no la había elegido. Las circunstancias y el escándalo se la habían impuesto.

Y, no obstante, Arden deseaba tener, no su aprobación, sino más bien su admiración.

Se miró a los ojos a través del espejo y supo que aquello no era bueno. No debía necesitar la admiración de ningún hombre para sentirse bien consigo misma. Era un signo de debilidad. Un signo que le indicaba que sentía más de lo que debía por el hombre con el que se había casado.

O tal vez, pensó aliviada, todo se debiese a que allí todo era muy diferente. Estaba tan fuera de lugar que necesitaba sentirse apreciada.

Miró por la ventana, hacia la ciudad, y la mezcla de arquitectura ultramoderna con tradicional le hizo pensar en lo lejos que estaba de casa. Todo allí, por increíble y, en ocasiones, moderno que fuese, era diferente.

Tenía tanto que aprender. Era normal que tuviese tantas dificultades a pesar de las clases intensivas. Odiaba sentirse tan fuera de lugar.

—Siento llegar tarde.

Arden se giró al oír la voz de Idris, que estaba en la puerta, vestido de esmoquin, impresionante.

Ella sintió calor en la garganta y en las mejillas y recordó cómo habían hecho el amor aquella mañana.

—¿Estás bien? —le preguntó él, acercándose—. Estaré a tu lado toda la noche. No tienes de qué preocuparte.

—Por supuesto. ¿Por qué me iba a poner nerviosa, si es solo una recepción con varios cientos de invitados importantes?

Idris sonrió y a ella le dio un vuelco el corazón.

—La mayoría estarán todavía más nerviosos que tú. Además, lo único que tienes que hacer es sonreír y ser tú misma.

Por supuesto. Como si aquellas personas les interesase una florista londinense a la que le apasionaban, además de su hijo y su marido, la jardinería, el tenis y un buen libro.

—Te he traído esto. He pensado que te gustaría llevarlo esta noche.

Idris levantó una caja de cuero azul grabada en oro. Arden la reconoció. Los collares de perlas y diamantes que había llevado el día de su boda habían salido de cajas similares.

–Tu tesoro debe de ser enorme –murmuró, obligándose a sonreír a pesar de los nervios. ¿Y si le pasaba algo a una joya tan valiosa?

–Bastante grande, sí, recuérdame que te lo enseñe. Puedes escoger algunas cosas, si quieres.

Arden no podía ni imaginárselo.

–¿No vas a abrir la caja?

Ella lo miró a los ojos. Le pareció ver a Idris emocionado, pero la sensación duró solo un instante. Un segundo después se estaba mirando el reloj. Tenían que marcharse de allí.

Respiró hondo y levantó la tapa. Y solo pudo dar un grito ahogado.

–¿Te gusta?

Arden negó con la cabeza. Aquello no podía ser de verdad.

–Por supuesto que es de verdad.

¿Había expresado en voz alta sus pensamientos?

Era un collar de diamantes y platino que formaba una especie de hojas salpicadas de piedras verdes que debían de ser esmeraldas. En la parte delantera había una única piedra, una esmeralda enorme en forma de lágrima.

–Nunca había visto nada parecido –balbució Arden.

–Deja que te lo ponga.

Idris se colocó detrás de ella y le abrochó el collar.

–Mírate al espejo. Va a la perfección con el vestido que llevas puesto.

Arden todavía estaba en estado de shock y aquello

debía de afectarle al oído, porque tuvo la sensación de que la voz de Idris se volvía de repente muy ronca.

Levantó la cabeza y lo miró.

–¿Y bien? –le preguntó Idris después de aclararse la garganta–. ¿Te gusta?

–No sé qué decir –respondió ella sin sonreír.

Él se preguntó por qué no reaccionaba. En el pasado, los regalos generosos siempre habían sido recibidos con entusiasmo por sus amantes.

Pero aquello era diferente. Ella era diferente. Idris nunca había tenido una amante a la que le importase tan poco su prestigio y su riqueza. A Arden le costaba encajar en la vida de la corte, pero él tenía la sensación de que no era porque se sintiese impresionada por su pompa.

Lo que lo llevó a preguntarse qué pensaría de él.

Había encargado aquella joya especialmente para ella y era la primera vez que hacía algo así. ¿Era ese el motivo por el que le importaba tanto su reacción?

El collar era precioso. Era regio, pero femenino, elegante, pero increíblemente sexy. Tan sexy que quería vérselo puesto sin nada más. De hecho, quería olvidarse de los invitados que los esperaban en el salón de los mil pilares y hacerle el amor a Arden.

Primero se lo haría deprisa y, después, muy despacio, una y otra vez.

Estaba que echaba fuego, y no solo porque Arden estuviese espectacular vestida de seda y cubierta de esmeraldas. Siempre la había deseado, incluso vestida con ropa vieja, sobre todo, cuando se ponía esos vaqueros ajustados...

Idris se obligó a apartar las manos de sus brazos desnudos y la miró en el reflejo del espejo.

Su esposa. Su reina.

Era preciosa.

—Dime que te gusta —le pidió sin pensarlo, como si necesitase su aprobación.

Era una sensación extraña para Idris, que lo inquietó.

—Me gusta —le dijo ella, mirándolo a los ojos a través del espejo.

Era la primera vez que Arden lo miraba con aquel brillo en los ojos fuera de la cama. Idris la agarró por la cintura y la apretó contra su cuerpo. Encajaban a la perfección.

—Aunque no estoy segura de ser yo —susurró ella, haciendo una mueca—. Soy más bien una chica de joyas de pasta.

Idris recordó haberla visto con Dawud, haciendo pulseras con pasta seca.

—Eres tú, créeme. Y estás espectacular.

Ella se ruborizó.

—No tanto como tú.

—¿Incluso sin diamantes? —bromeó Idris.

Y Arden se echó a reír.

Después de dos meses de matrimonio Idris había descubierto que las sonrisas de Arden eran capaces de cambiar su humor al instante. Todas le parecían un regalo. Y cada vez respondía más a ellas, bromeaba y reía, disfrutaba del momento en lugar de estar siempre centrado en su trabajo.

Había descubierto que el matrimonio era mucho menos complicado de lo que él había imaginado.

—Los diamantes serían un exceso con esa chaqueta —comentó ella, frunciendo el ceño y llevándose la mano al collar–. ¿Estás seguro de esto? No puedo evitar ponerme nerviosa sabiendo que llevo algo tan caro y bonito.

Era la primera vez que Idris le oía decir algo así a una mujer. Arden no dejaba de sorprenderlo.

–Estoy seguro. Puedes fingir que está hecho de pasta, si eso te facilita las cosas.

Ella sonrió.

–Tal vez lo haga.

–Vamos, princesa –le dijo él, dándose la vuelta y ofreciéndole el brazo.

Y no fue capaz de describir lo que sintió cuando ella sonrió y entrelazó el brazo con el suyo. Satisfacción, triunfo, orgullo. Ninguna de aquellas palabras describían la sensación que tuvo al salir de la habitación con Arden agarrada del brazo.

Arden empezó a flaquear después de la ronda inicial de saludos, pero consiguió mantener la barbilla erguida. No supo cómo podía Idris soportar tantos apretones de manos, tantas reverencias y tantas presentaciones. A ella le dolían todos los músculos a pesar de haber aceptado el consejo de Ghizlan y haberse puesto unos zapatos que, además de bonitos, eran cómodos.

Deseó que Ghizlan estuviese allí. Le habría reconfortado tener a una amiga al lado. En general, todo el mundo era agradable, salvo aquellos hombres mayores que la miraban como si su presencia fuese una catástrofe. Arden respiró y se recordó que tardaría un tiempo en ser aceptada.

No obstante, mantener la corrección que se esperaba de ella era difícil, no le salía de manera natural.

Ghizlan había comprendido su total inexperiencia.

Con ella no había tenido que fingir. En contra de todo pronóstico, se habían entendido bien y Ghizlan le había respondido a sus preguntas mandándole mensajes de texto en los que la aconsejaba acerca de cómo vestirse y le contaba anécdotas divertidas. Hacía meses que tenían contacto, aunque llevaba unos días sin saber nada de ella, desde que Arden le había transmitido su pésame por la muerte de su padre.

Ghizlan había vuelto a casa y era natural que no tuviese tiempo para mandar mensajes. Idris le había dicho que estaría ocupada con el tema de la sucesión de su padre como jeque.

–Disculpe, señor. Tengo que hablar con usted.

Arden parpadeó y volvió a la realidad al oír la voz de mayordomo de palacio. Ya no había nadie esperando para saludarlos y estaban algo alejados de la multitud, en la tarima en la que estaban instalados los dos tronos con incrustaciones en oro y piedras preciosas. Ella les había dado la espalda a propósito. Era ridículo sentirse abrumada por dos muebles, pero aquello, lo mismo que el collar que llevaba puesto, le recordaba que era una impostora allí.

–¿No puede esperar? –preguntó Idris en voz baja.

–Me temo que no, Alteza. Yo ya habría hecho algo al respecto, pero como me pidió que dejase los preparativos de esta noche en manos de mi personal...

–Porque a ti te he confiado la apertura del nuevo ayuntamiento y del centro de convenciones la semana que viene. Valoro tu experiencia.

–Y estoy seguro de que será un éxito, señor, pero, en mi ausencia, ha habido un lamentable error. Un problema con el comedor que acabo de descubrir.

–¿Un problema? Ayer estaba en perfectas condiciones. ¿Se ha roto algo?

Arden se estremeció. Se giró y miró un instante al mayordomo. Tuvo un mal presentimiento.

–No se ha roto nada, Alteza. De haber sido así, habría sido reemplazado inmediatamente. Por desgracia, mi segundo al mando es competente, pero no sabe cómo hay que hacer las cosas.

El hombre no había mirado a Arden a los ojos, pero supo que estaba recordando todas las veces que habían chocado desde que estaba allí. Como el día en que le había advertido que no dejase jugar a Dawud en un pasillo cubierto de antiguos mosaicos. O cuando había permitido que un grupo de niños, que estaban de visita en el palacio, entrase en zonas en las que podían dañar algún tesoro nacional.

–Me temo que ha sido culpa mía –dijo Arden en tono brusco.

Estaba cansada de no estar a la altura, de que se le recordase constantemente que no sabía cómo hacer las cosas.

–¿Culpa tuya? –preguntó Idris sonriendo.

El mayordomo movió los pies, incómodo, y ella cambió de idea.

–Sospecho que el problema está relacionado con la visita de hoy, ¿verdad?

Miró a los ojos al mayordomo con fingida seguridad. Tal vez no le gustase aquel hombre, pero no tenía la intención de mostrarse horrorizada por haber vuelto a equivocarse. Primero había sido el contratiempo cuando una señora mayor se había inclinado y ella, sin pensarlo, la había ayudado a incorporarse al ver que se había hecho daño en las rodillas. ¿Cómo iba a saber que tocar a un extraño en la corte era un grave error?

Desde entonces había dado muchos pasos en falso.

–Han venido un par de grupos de colegios hoy –le

dijo a Idris sonriendo–. Dijiste que no había problema.

Desde su visita a la escuela de Leila, la niña que le había regalado las flores en la calle, habían invitado a Arden a otros colegios. Y ella les había devuelto la invitación. Aquel día, los niños habían paseado por los salones oficiales mientras sus profesores les hablaban de los tesoros que albergaba el palacio.

Otro motivo por el que no le caía bien al mayordomo. En el pasado, solo los invitados importantes veían el palacio. En Zahrat, tradicionalmente, había habido poco contacto entre la familia real y sus súbditos.

–Lo siento –murmuró Idris–. No te he preguntado cómo había ido.

–Estupendamente. A mí me ha parecido un éxito, y a los profesores, también. Los niños estaban muy nerviosos, pero se han portado bien.

Arden se dio cuenta de que le mayordomo se estaba impacientando y eso la desanimó. Era evidente que algo había salido mal. Ojalá no se hubiese dañado nada valioso.

–Entonces, ¿cuál es el problema? –le preguntó Idris al mayordomo.

–Es el comedor, señor. Acabo de volver a palacio y he visto que lo han decorado de una manera poco apropiada para el banquete de esta noche –comentó este, horrorizado–. He pedido que lo cambien inmediatamente, pero me han informado de que la jequesa había dicho que... la decoración tenía que quedarse así salvo que ella dijese lo contrario.

–Lo siento –dijo ella, girándose hacia Idris–. Es culpa mía. Los niños han traído regalos para agradecerte la visita y les he pedido que me los enseñasen. Algunos empleados querían recogerlo todo, pero, por no decepcionar a los niños, he pedido que los dejasen allí, que yo les diría cuándo podían llevárselos.

Pero después se le había olvidado.

–¿Cuál es el problema? –volvió a preguntar Idris, frunciendo el ceño–. ¿Que hay regalos de niños en el comedor?

El mayordomo se acercó más.

–Los niños y los profesores no tienen la culpa. Los regalos han sido un modo de mostrar su agradecimiento, pero no son adecuados habiendo una cena tan formal como la de hoy.

El hombre no miró a Arden, pero ella supo que la culpa de todo era suya.

–Gracias por la advertencia, Selim. Yo me ocuparé de todo. No te preocupes.

Idris la agarró del brazo y la llevó hacia donde la multitud desaparecía, dentro del comedor.

Idris se detuvo a las enormes puertas del comedor y apretó los labios para no sonreír. Los elegantes invitados se arremolinaban alrededor de las mesas, preparadas para un banquete de siete platos. A su alrededor las columnas eran de mármol rosa labrado muchas generaciones atrás. Y a su vez el mármol estaba adornado con brillantes flores de colores.

Eran unas flores enormes, de papel, moradas, naranjas, amarillas e incluso azules. Y en sus hojas había nombre escritos.

Idris se adentró en el salón, con Arden de la mano, estaba fría. ¿Estaría nerviosa por la recepción? Lo había hecho muy bien durante las presentaciones, se le daba bien estar rodeada de gente y era como un maravilloso soplo de aire fresco en palacio.

–No tienes de qué preocuparte –le dijo él, apretándole la mano.

Ella asintió, pero su sonrisa no era natural. Idris se enfadó con Selim por haberla disgustado.

Aquel era el motivo por el que le había encargado al mayordomo que se ocupase de la inauguración del ayuntamiento. Había sido una excusa para quitarlo del medio. Idris sabía que aprovechaba cualquier excusa para dejar mal a Arden.

La condujo hacia un ramillete de girasoles.

–Nunca había visto este lugar tan alegre.

Ella lo miró con los ojos muy abiertos.

–¿Ni siquiera el día de tu boda? –murmuró.

–Estos son regalos sencillos, pero hechos de corazón.

Y prefería aquello a la opulencia y el protocolo de la boda.

Miró a los invitados y, levantando la voz, dijo:

–Espero que disfruten de la decoración de esta noche. Todos conocen el interés de mi esposa por nuestros niños y que va a visitar escuelas locales. Esto son regalos que han traído los niños de esas escuelas. Estarán de acuerdo conmigo en que demuestran mucho entusiasmo y creatividad.

Se oyó un murmullo, algunas personas asintieron y otras parecían divertidas.

Idris vio al ministro de Educación, que era uno de los líderes del gobierno a los que le habían gustado las reformas que él había propuesto.

El ministro inclinó la cabeza.

–Formar a nuestros niños en el arte además de en las ciencias forma parte de nuestra tradición. Y me alegro de ver que nuestra jequesa lo apoya.

Arden contuvo la respiración, sorprendida, no había esperado el cumplido.

E Idris se dio cuenta entonces de lo vulnerable que se sentía su mujer.

Se olvidó de la etiqueta y la abrazó por la cintura. Ella se puso tensa.

–Ven –le ordenó, molesto consigo mismo por no haberla ayudado más–. Háblame de estas flores. Sobre todo, de esta que parece un camello.

–Es que se trata de un camello, a pesar de los pétalos. El pequeño...

–¿Ali? –dijo él, leyendo el nombre que había escrito en una de las piernas del animal.

–Eso es –dijo ella, sonriendo casi de manera natural–. Ali me confesó que no le gustan las flores. Que le gustan los camellos, así que hizo esa forma, pero cuando se enteró de que todo el mundo iba a hacer flores porque a mí me gustan las flores, decidió ponerle pétalos a su camello.

Idris se echó a reír y, al oírlo, otros invitados se acercaron a ver qué ocurría.

Cuando se sentaron a cenar, Arden que estaba enfrente de él, con un embajador a un lado y el ministro de Educación al otro, parecía casi relajada. Su sonrisa no era radiante, pero según iba avanzando la cena Idris dejó de verla tensa y que conquistaba con su encanto a los compañeros de mesa.

Él pensó que había tenido razón, que Arden iba a ser una excelente jequesa. Y una madre extraordinaria. Como esposa...

Arden levantó la cabeza bruscamente y lo sorprendió mirándola. Se ruborizó y, a partir de entonces, Idris contó ansioso el tiempo que quedaba para poder estar a solas con ella.

Capítulo 11

ERA bien pasada la medianoche cuando llegaron a sus habitaciones. Arden estaba agotada. Le dolían todos los músculos del cuerpo e incluso la mandíbula de tanto sonreír y tenía una intensa jaqueca.

Idris había manejado bien la situación, convirtiendo algo que podía haber llegado a ser embarazoso en una oportunidad para promocionar las mejoras que estaba realizando en el sistema educativo de su país.

Aunque lo cierto era que había tenido que tapar otra de sus meteduras de pata.

Todo el mundo cometía errores, el problema era que los suyos siempre estaban a la vista de todo el mundo. Y después de varios meses de matrimonio seguía cometiéndolos.

Arden siempre había sabido que no encajaba en el papel de esposa del jeque. ¿Cuánto tiempo tardaría Idris en tener problemas por su culpa?

Arden sabía que su marido era popular, que se había ganado el apoyo de su gente con duro trabajo y resultados positivos, pero también sabía que a los tradicionalistas les horrorizaba el escándalo que rodeaba a su matrimonio. Y el hecho de que su esposa no fuese la adecuada. Al final, habría problemas.

Aquella noche había estado en ascuas, intentando

recordar todo lo que tenía que hacer. Y había salido airosa, hasta que había aparecido el mayordomo.

Había visto cómo Idris apretaba los labios nada más entrar al comedor y ver las flores de papel.

—Siento mucho lo de esta noche —dijo, acercándose al tocador y empezando a quitarse horquillas.

—¿Lo sientes?

Con el pelo ya sobre los hombros, se giró hacia Idris y se lo encontró allí mismo. La agarró de los hombros para que no chocase contra él.

A Arden se le aceleró el corazón, a pesar de que se sentía mal, lo deseó. El deseo siempre estaba ahí, era constante, imperecedero. Aunque él no la amase y el amor de ella se hubiese apagado con el tiempo, el deseo no hacía más que aumentar.

Si no tenía cuidado, Idris asumiría el control de su vida. Arden ya había perdido su casa, su trabajo y su independencia. No podía perder más. Necesitaba resistir, por ella y por su hijo.

Se apartó de él y respiró aliviada al ver que Idris bajaba las manos.

—Lo del comedor. Ha sido culpa mía. Tenía que haber hecho que retirasen las flores.

Después de la visita de los niños había recibido a una delegación de mujeres que habían viajado dos días para conocer a su nueva jequesa y le habían llevado regalos. Y después había pasado la tarde con las clases de idiomas y otras actividades, incluida la visita de la peluquera. Casi no había tenido tiempo de ver a Dawud antes de que se fuese a la cama.

—No te preocupes, Arden. No pasa nada —la tranquilizó él—. A nuestros invitados les ha encantado la decoración.

—Gracias a ti, si no...

Sacudió la cabeza.

—Te preocupas demasiado. Ya has visto la reacción que ha provocado el camello de Ali —comentó él riendo—. Podríamos añadir las huellas de Dawud al conjunto. ¿Qué te parece? Yo pienso que nuestro hijo tiene mucho talento.

Arden sonrió muy a su pesar al pensar en el último dibujo que había hecho el niño, de ellos tres.

—A los niños les ha encantado y a mí me gusta ser un poco más cercano. El palacio estaba demasiado aislado. Tal vez podamos recibir visitas escolares con regularidad.

—A tu mayordomo le encantaría —murmuró ella.

Idris se puso tenso al instante.

—Él no va a estar aquí. Lo van a relevar de sus funciones mañana mismo.

Su expresión era severa.

—Ya te dije que yo no iba a estar a la altura. Ha sido culpa mía.

Idris negó con la cabeza.

—Lo ocurrido en el comedor me da igual. Lo que me preocupa es la importancia que Selim le ha dado delante de ti. Sé que le gustaban los viejos tiempos y que te pone nerviosa con sus tonterías, por eso ha estado trabajando fuera de palacio.

Arden se quedó boquiabierta.

—¿Por mí? —preguntó, sin saber si sentirse incómoda o halagada.

Idris apretó los labios, su expresión era austera.

—Eres mi esposa y su reina. Si te hace sentir incómoda, se marchará. De manera permanente.

Arden parpadeó. Ante sus ojos, su marido se había convertido en el orgulloso autócrata que recordaba haber conocido en Londres. Aunque le sorprendió darse cuenta de que había visto muy poco a aquel hombre en los últimos tiempos.

A Arden le gustaba estar con él. Era paciente y cariñoso con Dawud, apasionado con ella. Una buena compañía. No se comportaba de manera distante nunca.

El rey guerrero, autocrático, no había hecho su aparición en siglos y, sorprendentemente, a Arden ya no le intimidaba. Entendía que Idris estaba decidido a hacer lo correcto, aunque fuese difícil. No era el hombre despreocupado e irreflexivo de Santorini. Y ella había descubierto que aquel hombre le gustaba más, era una mezcla de fuerza y honestidad, de honradez, pasión y humor.

–No puedes despedirlo.

–No permitiré que te ponga nerviosa. Mina tu confianza en ti misma.

A Arden le sorprendió que Idris se hubiese dado cuenta de aquello.

–¿Cómo lo sabes? No sueles estar cerca cuando está él.

Idris arqueó una ceja negra.

–Me fijo en todo lo que se refiere a ti, Arden –admitió, mirándola fijamente.

Levantó una mano y le acarició la mejilla.

Arden sintió el peso de algo muy fuerte entre ambos, algo a lo que no podía ponerle nombre. Entonces Idris habló y el momento se rompió.

–Te desequilibra. Se marchará mañana.

Ella lo agarró de la muñeca.

–No, no lo hagas.

–No quiero que te moleste.

Arden sonrió de manera tensa al darse cuenta de que el apoyo de su marido reforzaba su determinación. Era ella la que había hecho una montaña de un grano de arena aquella noche.

—Trabaja duro y lo hace bien. No merece quedarse sin trabajo.

Idris no parecía convencido.

—Puedo lidiar con él. Prefiero hacerlo.

—No es necesario. Deja que te ayude en esto.

Ella bajó la mano de la suya. No estaba acostumbrada a que la cuidasen. Era agradable, pero le daba miedo...

—Sé que estás intentando ayudarme, pero no estaría bien. Es cierto que protesta mucho y que me hace sentir como si fuese una bárbara, pero no tardará en jubilarse.

—Le quedan trece meses —le confirmó Idris, que debía de haberse informado.

Aquello animó a Arden.

—Eso le dará tiempo para formar a su sustituto. Y puedo aprender mucho de él.

Aun así, Idris frunció el ceño.

—¿No te he hablado nunca de mi primera jefa, cuando empecé a trabajar de florista?

Él negó con la cabeza.

—Debió de gustarle algo en mí, porque me contrató, pero al principio yo nunca hacía nada bien, ni siquiera barrer.

—Qué dura.

—Lo era, pero también era una mujer apasionada por su trabajo, que esperaba siempre lo mejor. Insistía en que yo lo hiciese todo a la perfección —continuó Arden, sacudiendo la cabeza—. Al final me alegré de que hubiese sido tan exigente porque aprendí los conocimientos y a confiar en mí misma, independientemente de lo difícil que fuese el trabajo.

Idris sonrió.

–¿Y por eso prefieres que el mayordomo se quede?

Arden levantó ambas manos con las palmas hacia arriba.

–Está aquí y conoce a la perfección todos los rituales y costumbres. Lo aprovecharé al máximo, aunque de vez en cuando me saque de quicio.

La carcajada de Idris hizo que se le erizase el vello. Incluso le disminuyó un poco el dolor de cabeza.

–Con una condición –le dijo él–. Que si cambias de opinión, o si yo veo algún gesto de desaprobación por su parte, estará despedido.

–De acuerdo –contestó ella–. Todo irá bien, de verdad.

Arden estaba segura. Algo había cambiado aquella noche, algo que hacía que estuviese todavía más decidida a hacer funcionar la parte oficial de su matrimonio.

La parte privada ya funcionaba bien.

De hecho, no podía ir mejor. Dawud estaba encantado. Idris era un padre cariñoso y comprometido y, como marido... ella tampoco podía pedir más. Era considerado, apasionado y respetuoso de sus necesidades.

Habría sido demasiado fácil pensar que aquella unión era de verdad, pero Arden sabía que no era así.

Retrocedió un poco.

–Te agradezco que me apoyes, pero es importante que yo también me mantenga firme. No sé hacer las cosas de otra manera.

Recién duchado, Idris apagó todas las lámparas, salvo la de la mesita de noche, y se metió desnudo entre las sábanas. Arden estaba en su baño y él se había sentido tentado a seducirla allí, pero había recordado que la había visto temblar del cansancio mientras hablaban. Había notado su tensión y había imaginado que le dolía la cabeza. La había visto entrecerrar los ojos al mirar hacia la luz y llevarse la mano a la frente para masajeársela.

Cuando la puerta del baño se abrió, como era de esperar, el cuerpo de Idris se tensó de deseo. Arden llevaba el pelo suelto sobre los hombros y el camisón de encaje se pegaba a las curvas de su delicioso cuerpo.

Día tras día, noche tras noche, no se cansaba de ella. Ni siquiera su apretada agenda lo distraía. Y la pasión seguía aumentando con el tiempo, en vez de menguar.

Arden se metió en la cama y él se fijó en sus ojeras, en que tenía el ceño fruncido. Sabía que podía convencerla para que tuviesen sexo, que ella lo disfrutaría, pero estaba agotada.

—Ven aquí, acércate —le dijo.

—Estoy cansada, Idris.

—Lo sé, *habibti*. Duerme.

Nunca le había gustado dormir abrazado a nadie, salvo con Arden. Le satisfacía abrazarla.

—A ti no te veo con ganas de dormir —comentó ella.

Se acercó e Idris se excitó todavía más al notar su cuerpo.

—¡Idris!

Él sonrió.

Pensó que por fin lo llamaba Idris. Durante las primeras semanas del matrimonio había seguido llamándolo Shakil cuando estaban en la cama y él se había sentido extraño, casi traicionado. Tal vez Shakil hubiese sido él mismo de joven, pero Idris quería a

Arden en el presente, haciendo el amor con él, no con un recuerdo.

Hacía más de un mes que no lo llamaba Shakil. Y eso le gustaba.

—Shh. Relájate.

—¿Cómo me voy a relajar?

Idris suspiró y apoyó las manos en su vientre.

Se concentró en controlar la respiración y, sin querer, pensó en Arden embarazada. Había echado de menos verla embarazada de Dawud y los primeros años del niño y la idea de compartir aquello con ella lo atraía.

—Me dijiste que estabas acostumbrada a cuidarte sola. ¿Por qué? —le preguntó.

—Porque estoy acostumbrada a estar sola.

A Idris le costó creer aquello. Aunque ya le había sorprendido, años atrás, en Grecia, descubrir que Arden era virgen.

—¿Es que los hombres ingleses están ciegos?

Ella se echó a reír.

—Tienes mucha labia.

—Solo digo la verdad. Seguro que en los últimos años ha habido alguien...

—Ya te dije que tu primo era solo un amigo. Un buen amigo y, con el tiempo, mi casero, pero nada más.

—Te creo, no te preocupes, pero en cuatro años ha tenido que haber alguien más.

—¿Ha tenido que haber alguien más? Te equivocas. No ha habido nadie.

—¿Nadie?

A Idris le parecía imposible, pero le gustó oírlo.

—No te muestres tan sorprendido. Para empezar, me quedé embarazada, y después... No tenía tiempo, entre Dawud y el trabajo.

No quiso reconocer que siempre se había acordado de él.

Idris se sintió culpable.

—Ya no volverás a estar sola.

Arden y Dawud eran su responsabilidad. Y, además, quería cuidar de ellos.

Notó que Arden se ponía tensa.

—¿Qué pasa? —le preguntó él, sabiendo que había metido el dedo en la llaga, pero sin entender el motivo.

—Nada. Quiero dormir.

—Es la verdad, Arden. Me tienes a mí, y a Dawud.

—Sí —respondió ella poco convencida.

—¿Por qué has dicho antes que estabas acostumbrada a cuidarte sola?

En Londres también había hecho comentarios similares.

—Ya te lo he dicho, porque siempre lo he hecho.

Se hizo el silencio, fue un silencio incómodo.

—Yo también —admitió Idris—. Fui hijo único. Eso lo cambia todo, ¿no crees?

Ella se encogió de hombros.

—Supongo que sí.

—No tenía una relación cercana con mis padres. Bueno —se corrigió—, con mi madre cuando era muy pequeño, pero falleció muy pronto.

—¿Cuántos años tenías?

—Cuatro.

—Lo siento.

—Ha pasado mucho tiempo. Tenía a mi padre, a mis tías, y a mi primo Hamid.

—¿Tu padre te crio?

Él apretó los labios.

—Mi padre no era un padre presente. Tenía otros intereses.

Como seducir a las esposas de otros hombres.

—Me educaron tutores y miembros de la corte de mi tío. Se centraron en enseñarme lo que era el honor y el deber. ¿Y tú?

—¿Qué?

—¿A ti quién te crio? Sé que tus padres fallecieron, pero no tengo ni idea de cuándo.

Arden tardó unos segundos en responder.

—Murieron cuando yo tenía seis años.

—¿Los dos? —preguntó Idris, sorprendido.

—En un accidente de tráfico.

Algo en el tono de voz hizo que a Idris se le erizase el vello de la nuca.

—¿Y tú estabas allí?

—En el asiento trasero.

—Oh, Arden —le dijo, abrazándola—. Lo siento.

—Al igual que en tu caso, ha pasado mucho tiempo.

—Pero sigue siendo trágico. Era demasiado pronto para perder a tu familia.

—Sí —respondió ella—. Los estaba perdiendo de todos modos, pero aquello fue muy repentino.

Respiró hondo antes de continuar.

—Discutían mucho. Aquella noche, en el coche, pensaban que yo estaba dormida, así que habían vuelto a empezar. Papá dijo que iba a pedir el divorcio y estaban discutiendo por mi custodia. Papá no la quería y mamá estaba disgustada, diciendo que no podría arreglárselas sola. Al final no hizo falta.

Idris no supo qué decir al respecto. Le dio un beso en el pelo y después preguntó:

—¿Y tenías familia? ¿Algún tío o tía?

Él, al menos, había tenido familia.

Arden negó con la cabeza.

—Fui a una casa de acogida.

—Lo siento.

—No pasa nada. Casi todo el tiempo estaba bien.

—¿Y el resto del tiempo?

—Estaba bien, de verdad. Durante años fui hija única y la familia me trató como si fuese su hija. Fueron muy buenos conmigo.

—¿Pero te marchaste?

—Habían planeado adoptarme. No podían tener hijos y querían que yo fuese su hija, pero entonces ocurrió un milagro —le contó—. Ella se quedó embarazada de gemelos.

Arden respiró hondo.

—Eran buena gente, pero no podían permitirse criar a tres hijos, ni tenían espacio para una niñera. No fue nada personal.

—Por supuesto que no —le aseguró Idris, pensando que los habría matado por haberle hecho tanto daño a Arden.

Entendía mejor que esta quisiese ser independiente. Nunca había tenido a nadie en quién confiar a largo plazo.

Además de la pérdida de sus padres biológicos y de los de acogida, él también la había dejado sin mirar atrás.

La abrazó con más fuerza.

—Yo estoy aquí y no voy a marcharme —le susurró, cerrando los ojos y aspirando su olor—. Dawud y tú estáis a salvo conmigo.

La haría feliz. Se aseguraría de que jamás se arrepintiese de haberse casado con él.

Capítulo 12

LLAMARON a la puerta de su despacho e Idris levantó la vista del ordenador. Ashar, su asistente, ya estaba avanzando hacia él, su expresión era seria. Idris tuvo un mal presentimiento.

—¿Qué ocurre?

Algún nuevo desastre. ¿El tratado?

—Todo está bajo control. Ambos están sanos y salvos.

Así que se refería a Arden y a Dawud.

Idris se puso en pie.

—Define bajo control. ¿Qué ha pasado ahora?

No era que Arden atrajese los problemas, sino que su conocimiento limitado de Zahrat y su entusiasmo la ponían en ocasiones en situaciones inesperadas.

—Están bien. Los está siguiendo un guardaespaldas, pero quería informarte de sus planes para esta tarde.

Idris levantó la cabeza.

—Iban a ir a ver un colegio.

—Han ido, pero después han estado en un mercado, donde han comprado comida.

¿Comida? Si en el palacio había de todo.

—¿Y ahora dónde están?

—En la autopista. La jequesa está conduciendo ella misma.

Idris frunció el ceño. Además de guardaespaldas, Idris tenía un chófer. En realidad era más bien un símbolo de estatus, ya que Zahrat no era peligroso. Aunque siempre podía haber peligros.

Idris pensó que la autopista llevaba a la sierra y al aeropuerto. Arden no podía ir a la montaña tan tarde, pero ¿y al aeropuerto?

Fue hacia la puerta.

—Quiero el helicóptero ahora mismo, y hablar con el jefe de seguridad.

El sonido de un helicóptero rompió el silencio y Arden levantó la cabeza, preguntándose adónde iría, pero el sonido cesó y el cielo estaba completamente azul. Recordó que Idris le había contado que utilizaban los helicópteros a modo de ambulancias.

—Mamá, mira el pez —le dijo Dawud señalando el estanque, que brillaba bajo la luz del sol.

—Sí, cariño, es precioso —respondió, sonriéndole.

A su hijo le fascinaba el agua y ella había decidido enseñarlo a nadar.

—Ven, ya está preparado el picnic —añadió, tocando la hierba a su lado.

—Adiós, pez —dijo el niño muy serio antes de sentarse.

En ese momento Arden vio moverse algo con el rabillo del ojo.

—¡Idris!

Este avanzó hacia ellos con expresión seria. Lo seguían dos hombres vestidos de negro.

—¿Qué estás haciendo aquí? —le preguntó Arden.

—Eso digo yo —respondió él muy tenso.

Estaba... diferente.

Parecía casi el hombre arrogante que recordaba de Londres. El príncipe guerrero que esperaba obediencia. Su expresión era dura.

—¡*Baba!* —lo llamó Dawud, poniéndose en pie y corriendo hacia su padre con los brazos extendidos.

Idris lo tomó en brazos, haciéndolo reír.

Arden vio cómo su gesto se relajaba mientras Dawud lo abrazaba por el cuello.

Pero entonces la miró a los ojos y se estremeció.

—¿Qué hacéis aquí?

—Un picnic —respondió ella, señalando los albaricoques, el pan, el queso, las nueces y sus pastelitos preferidos—. ¿Te apuntas? No esperaba verte hasta esta noche. ¿Has cambiado de planes?

—Podría decirse así —respondió Idris acercándose con Dawud en brazos.

—Te veo tenso. ¿Ocurre algo? —le preguntó Arden con el ceño fruncido.

Su mirada estaba empezando a ponerla nerviosa.

—Una pequeña crisis, causada por el hecho de que ni tu equipo de seguridad ni el de palacio supiesen adónde ibas esta tarde. ¡Has dado esquinazo a tus guardaespaldas!

—¡No es cierto! Les he dicho que quería pasar algo de tiempo a solas con Dawud. Después de eso, no he vuelto a verlos.

Idris sacudió la cabeza.

—¿Has pensado que iban a volver al palacio sin ti? Su trabajo, y su honor, valen mucho más que eso. Han querido darte espacio, pero no pueden dejarte sola. Les has dado un susto de muerte cuando te han perdido de vista en el mercado.

Arden se puso en pie, sorprendida.

—Me dijiste que Dawud y yo estábamos a salvo en

Zahrat. Todo el mundo ha sido muy agradable en el mercado, y tú mismo dijiste que sería bueno que nos acercásemos más a la gente.

Idris cerró los ojos un instante y Arden supo que estaba intentando tener paciencia, odió la sensación de haber vuelto a hacerlo mal. Tampoco estaba acostumbrada a dar explicaciones acerca de todos sus movimientos.

—¿Tan malo es que pase tiempo haciendo algo normal?

—¿Normal? —repitió él, como si jamás hubiese oído aquella palabra.

Arden no había ido a un parque público, sino allí. Idris le había explicado que había sido la casa de su abuela cuando había enviudado y a Arden le encantaban su belleza y tranquilidad. Esa tarde no le había apetecido volver a palacio y aquel era el único sitio que se le había ocurrido.

—Sí, normal. Hacer compras, pasear. Pasar tiempo con otras madres y sus hijos. Necesito algo de libertad, Idris, tienes que entenderlo.

Él suspiró y dejó a Dawud en el suelo. Luego se llevó la mano a la nuca y se la masajeó. Arden deseó darle el masaje ella, y que jamás se le hubiese ocurrido aquello del picnic.

Dawud se sentó a sus pies y empezó a comer.

—¿Idris?

—Lo entiendo. Tú no naciste en este mundo. Son muchos cambios, pero la próxima vez, dile a tus guardaespaldas adónde vas.

Arden se sintió culpable.

—Lo siento.

Pensó que Idris tenía que haberse casado con una princesa de verdad, que supiese cómo comportarse.

Sacudió la cabeza. No quería volver a darle vueltas a aquello. Lo estaba haciendo lo mejor posible.

—Eh.

Idris la abrazó por los hombros, la miró a los ojos.

—Ya está. No ha pasado nada.

Ella esbozó una sonrisa.

—Seguro que sí, pero gracias por fingir lo contrario. No quiero que mis guardaespaldas tengan problemas por esto, ¿de acuerdo?

—Solo se han llevado una regañina. Les viene bien estar contigo, así tienen que mantenerse alerta.

Ella sonrió más, pero seguía estando pensativa.

—¿Qué piensas? —le preguntó Idris.

—Que la próxima vez que quiera ir de picnic, tendré tres cocineros y una docena de asistentes. Eso, después de haber hecho un informe completo de adónde quiero ir.

—No es tan malo —dijo él—. Y veré qué puedo hacer para facilitar las cosas. Pero, ahora, vamos a aprovechar el momento, ya que he dejado de trabajar.

Se dejó caer al suelo con ella en brazos y la besó.

—Mamá, Dawud beso también —dijo el niño.

Idris se echó a reír y lo abrazó. Y por un instante Arden pensó que aquello era perfecto, que eran como una familia de verdad.

Idris aprovechó al máximo su escapada y aquella tarde se convirtió en una idílica aventura familiar explorando el pequeño y antiguo palacio. Pequeño en comparación con el suyo, porque seguía siendo una mansión llena de muebles maravillosos y con vistas a la costa, a la ciudad y a las montañas.

Con Dawud lo investigaron todo, admiraron los

increíbles mosaicos, los dormitorios y los grandes salones. El palacio estaba lleno de antigüedades, pero la sensación de hogar era perfecta.

Llegó la noche e hicieron un picnic más grande. Camareros vestidos de blanco, llegados del Palacio de Oro, extendieron alfombras color turquesa y rojo en la hierba, y encendieron farolillos por todo el jardín. El despliegue de comida era un banquete para los sentidos.

Después los camareros desaparecieron y la niñera de Dawud se lo llevó al coche, dormido, para el trayecto de vuelta a la ciudadela.

Por fin solos, Idris insistió en que Arden comiese el postre de sus propias manos. Melocotones maduros, llenos de jugo, uvas oscuras y naranjas muy dulces.

Idris se lamió las gotas de zumo y Arden se echó a reír. Encantada de poder pasar algo de tiempo a solas con él. No le extrañó que Idris la tomase en brazos y la llevase al interior de la casa, donde habían preparado una cama cuyas sábanas olían a canela y a pétalos de rosa. Toda la habitación estaba iluminada con velas.

—La luna de miel que nunca tuvimos —dijo Idris al verla exclamar, sorprendida.

Luego la tumbó en la cama y dejó de pensar en nada más.

Arden intentó respirar después de llegar al clímax.

No quería que aquella sensación terminase nunca. Y le encantaba que él llegase también al orgasmo entre sus brazos. Lo oyó gemir y notó cómo se estremecía, y después Idris se tumbó boca arriba, llevándosela con él.

Arden abrió un ojo y se dio cuenta de que estaba amaneciendo. Idris pronto tendría que ponerse a trabajar.

Pero ella no quería marcharse de aquel palacio. La magia del lugar la envolvía. Quería quedarse allí, abrazando a Idris, disfrutando de tenerlo para ella sola. Allí no solo se sentía feliz, se sentía querida.

—Estaba pesando —murmuró él.

—¿Umm?

—En otro bebé.

Arden se quedó inmóvil.

—¿Un bebé?

—Un hermano o una hermana para Dawud. ¿Qué te parece?

—¿Quieres tener otro hijo?

—¿Tú no?

«Sí». Arden no necesitaba pensarlo, lo tenía claro.

De repente, se emocionó. Se había quedado embarazada tan joven que no había vuelto a pensar en tener hijos.

—¿Arden? —dijo Idris, levantándole la barbilla para que lo mirase a los ojos.

—¿Sí? Yo... No lo sé —mintió, sin saber por qué—. ¿Por qué quieres otro hijo?

Él frunció el ceño, como si no le gustase la pregunta. ¿Había esperado que ella le dijese que sí inmediatamente? Interesante...

—¿No piensas que sería bueno para Dawud que tuviese un hermano?

—Es posible.

De hecho, a Arden le parecía maravilloso.

—Ni tú ni yo los tuvimos. Sabemos lo solo que está un hijo único, sobre todo, cuando ocurre una tragedia.

Arden asintió muy seria, con el estómago encogido no por los recuerdos, sino ante la idea de que a
Idris le ocurriese algo.

Se sintió horrorizada.

Apoyó la mano en su pecho y notó los latidos de su
corazón.

—Además —continuó él, ajeno a su miedo—, aunque
suene antiguo, es una buena manera de asegurar el
trono.

—¿Por si algo le ocurriese a Dawud? —preguntó ella.

—No le va a pasar nada a Dawud, pero nunca se
sabe... —comentó sonriendo—. A lo mejor nuestro primer hijo quiere marcharse de aquí, ser académico,
como mi primo, o una estrella del rock. Si tiene un
hermano que pueda ocupar el trono...

—O una hermana —añadió ella, enfadada.

Según la legislación, solo los varones podían here-
dar el trono.

—O una hermana —repitió Idris, arqueando una
ceja—. Lo que nos llevaría a discutir cuántos hijos vamos a querer tener.

Arden reconoció su sonrisa, era una sonrisa sensual. Ella no tenía problema en hacer el amor con
Idris, pero tener un bebé era mucho más que aquello.

—Lo pensaré —dijo, apartándose.

—Por supuesto. Hay tiempo. Ninguno de los dos va
a marcharse a ninguna parte.

Ella pensó que Idris no iba a marcharse porque
había dado su palabra.

Porque se había casado con ella delante de miles
de testigos.

Porque no tenía elección.

Ella tampoco se había casado por amor, salvo el
amor de una madre por su hijo, pero lo cierto era que

había disfrutado del matrimonio. Se sentía a gusto casada con él, con él. Incluso su vida en Zahrat, que seguía planteándole retos, la satisfacía y hacía que se sintiese bien.

Pero seguía pensando que para su marido aquello era solo un acuerdo práctico, mientras que para ella...

Idris la abrazó y ella se acopló a su cuerpo.

Pero no pudo detener su mente.

¿Cómo podía haberse engañado a sí misma durante tanto tiempo?

Se mordió el labio e intentó no sentir pánico, pero era casi imposible.

Estaba enamorada de Idris.

Lo había estado desde el principio. Solo el orgullo y el dolor le habían hecho fingir lo contrario.

Era el único amante que había tenido, y el único al que iba a desear.

De vuelta al Palacio de Oro, Arden anduvo de un lado a otro por su salón, con los brazos cruzados.

Idris la había dejado sola después de darle un beso nada más volver del otro palacio. Y ella lo había abrazado, se había aferrado a él, desesperada por retenerlo a pesar de que su cerebro le decía que lo soltase y se pusiese a pensar qué iba a hacer. Para ello necesitaba espacio y soledad.

Primero había anulado todas sus citas del día y después había ido a ver a Dawud. Había jugado a los coches con él, pero no había podido relajarse del todo.

Y entonces se había dicho que tenía que tomar una decisión. Se detuvo junto a la ventana y miró hacia el pequeño palacio en el que habían pasado la noche.

Quería capturar la magia de la noche anterior. Y la

emoción de estar allí con Idris no por obligación, sino porque lo amaba.

Se sintió desesperada y pensó que no había cambiado nada. Idris jamás había fingido amarla. Era honrado y cariñoso, honesto y, sí, encantador. A ella le encantaba su sentido del humor y era estupendo con Dawud. La relación entre ambos era excelente.

Era ella la que había cambiado o, más bien, la que se había dado cuenta de que había estado engañándose a sí misma. Porque quería a Idris con todo su ser.

Se aferró al marco de la ventana y se dejó caer, se sentó, en el banco que había delante.

Amar y perder, una constante en su vida.

Primero a sus padres, después a sus padres de acogida. Luego a Shakil.

Y, en esos momentos, a Idris.

No, a él no iba a perderlo. Idris habría prometido estar con ella, apoyarla y hacer lo correcto con Dawud. Y lo haría, Arden estaba segura.

No se divorciarían, pero ella sabía que Idris tendría necesidades sexuales cuando perdiese el interés en ella.

Entonces, ¿qué?

Siempre había anhelado tener amor, estabilidad, a alguien que la valorase como la persona más importante de su vida. Y nunca lo había conseguido.

¿Era su destino?

No podía vivir así. Sabía que le importaba a Idris, pero no lo suficiente. Si esperaba a que se cansase de ella y se buscase otras mujeres, el dolor acabaría con ella, pero tenía que ser fuerte.

Se puso en pie, hizo una mueca y volvió a clavar la vista en el pequeño palacio de la abuela de Idris.

Tenía que encontrar la manera de sobrevivir a

aquel acuerdo que había firmado, tenía que hacer lo
que era mejor para Dawud, y para Idris, pero prote-
giéndose a la vez. Y tenía una idea de cómo conse-
guirlo.

En esa ocasión no la iban a abandonar.

Capítulo 13

LLAMARON a la puerta de su despacho e Idris levantó la vista con la mente todavía en el nuevo borrador del tratado.

Ashar se quedó en la puerta, su expresión era tan indescifrable que Idris sintió un escalofrío. Le recordó a lo ocurrido el día anterior, cuando su asistente había ido a informarle de que Arden iba conduciendo hacia las afueras de la ciudad.

Aquello era peor. Tenía un mal presentimiento.

–Dime.

«Que no sea nada relacionado con Arden. Ni con Dawud».

Tenía tanto miedo que se quedó paralizado.

–Están los dos bien –empezó Ashar, entrando y cerrando la puerta tras de él.

Idris se dejó caer en el sillón y agarró el borde de la mesa con fuerza. Tenía el corazón acelerado.

–¿Pero?

Intentó convencerse de que sería otro pequeño malentendido.

–Dime, Ashar –añadió, poniéndose nervioso ante el silencio de su asistente.

Idris lo vio sentarse al otro lado del escritorio.

–Tanto la jequesa como el príncipe están en el otro palacio.

Idris respiró aliviado, se había temido que algo terrible hubiese ocurrido.

–¿De picnic otra vez? –preguntó sonriendo.

Ashar negó con la cabeza. Abrió la boca, pero no dijo nada. En su lugar, se aclaró la garganta.

Idris dejó de sonreír.

–Venga, suéltalo, rápido.

Ashar se miró las manos.

–La jequesa ha pedido a varios empleados de palacio que la ayuden a redecorarlo.

–¿A redecorarlo? –repitió él sorprendido.

Ashar se encogió de hombros.

–Bueno, más bien a abrir las habitaciones para que vuelva a estar habitable. Lo ha hecho dando la impresión de que la orden procedía de usted.

Ashar lo miró a los ojos. Ambos sabían que él no había dado tal orden.

–¿Algo más?

Su asistente lo miró de manera comprensiva.

–Tengo entendido que han llevado allí todas las pertenencias de su esposa y su hijo.

Idris cerró de un portazo la puerta de su todoterreno y le pidió a sus empleados que se quedasen allí, delante del palacio de su abuela.

Enfadado, atravesó la puerta y se encontró con una criada que llevaba en las manos sábanas limpias. Esta lo miró muy sorprendida, se detuvo e hizo una reverencia.

–Márchese de aquí ahora mismo y vuelva a sus funciones habituales –ordenó él, furioso–. Y diga al resto de empleados que dejen lo que estén haciendo y que salgan de aquí inmediatamente. Cierre la puerta de entrada al salir.

Ella inclinó la cabeza y se marchó.

Idris siguió avanzando, cruzó más puertas, atravesó el patio en el que habían hecho el picnic el día anterior.

De todas las emociones que había sentido al oír la noticia que Ashar le había dado, la más fuerte era el dolor. Había intentado dárselo todo a Arden y no entendía a qué estaba jugando ella.

Si no era feliz solo tenía que decírselo, pero era evidente que allí había un problema que Arden no quería que él solucionase. Por eso se había marchado y se había llevado a Dawud.

Idris había confiado en ella, había permitido que formase parte de su vida, y Arden lo había traicionado.

No podía creérselo. No podía dolerle más el corazón.

Fue atravesando habitaciones y vio que había cambios en algunas. Vio algunos objetos de Dawud. Se asomó a otra habitación y vio al niño durmiendo agarrado a un osito de peluche.

Se detuvo a mirarlo y se dijo que lo importante era que Dawud estaba bien.

Entonces oyó un ruido y se asomó a otra habitación. Allí vio a Arden haciendo una cama pequeña. Arden, vestida con un sencillo vestido sin mangas, con el pelo brillando bajo la luz del sol.

Entró y cerró la puerta tras de él. Ella se giró y se llevó la mano a la garganta, completamente pálida.

—¡Idris! ¡Me has asustado!

Él se cruzó de brazos.

—Supongo que te preguntas qué estoy haciendo —comentó ella con nerviosismo—. ¿Por qué no me dices nada?

–Estoy esperando una explicación –respondió él.

–Yo... Me he mudado.

–¡Dame una explicación!

–Dawud y yo... –balbució, mirando a su alrede-dor–. Vamos a vivir aquí. Va a ser lo mejor. Iba a de-círtelo.

–¿De verdad? ¿Cuándo? ¿Antes o después de que se enterase toda la ciudad?

–No, yo...

–No, no ibas a decírmelo. Ibas a dejar que lo ave-riguase por mí mismo, como ha ocurrido, ¿verdad? –replicó, furioso.

Nunca se había sentido tan dolido. Se había des-pertado aquella mañana pensando que quería formar una familia con ella, pero Arden lo había traicionado, se había burlado de él, le había robado a su hijo.

Si pensaba que iba a permitir que se saliese con la suya, estaba muy equivocada.

Arden lo miró a los ojos y no lo reconoció. Aquel no era el hombre al que amaba, sino un extraño. Lo vio descruzar los brazos y flexionar los dedos de las manos y se estremeció.

Había sabido que aquello no sería sencillo, pero si quería mantener la cordura y la dignidad, no tenía elección.

–¿Por qué no vamos a otro sitio, nos ponemos có-modos y lo hablamos?

–Deja de posponer lo inevitable –respondió él, vol-viendo a cruzarse de brazos.

Arden deseó abrazarlo, acurrucarse contra su pe-cho fuerte y aceptar lo que Idris le ofrecía, aunque no fuese suficiente.

–Para mí no funciona este matrimonio. Ya sabes que he tenido dudas desde el principio, y... Bueno, pues tenía razón.

–¿Qué es lo que no funciona? –inquirió él.

–Yo no me siento...

«Amada», pero no podía admitirlo en voz alta.

–Tienes que entenderlo –continuó, haciendo un ademán–. Zahrat, vivir en un palacio, estar casada con un jeque. No estoy acostumbrada.

Él apretó los labios.

–Me siento incapaz de continuar como hasta ahora, así que se me ha ocurrido esta solución.

–A mí no me parece una solución, sino una deserción.

Arden puso los brazos en jarras.

–Desertar habría sido llevarme a Dawud en el próximo vuelo y pedirte el divorcio –replicó.

Tomó aire para poder continuar.

–En su lugar, te propongo que yo viva aquí con Dawud. Estoy lo suficientemente cerca para que puedas verlo a diario. Y él puede ir también al Palacio de Oro a verte a ti.

Idris abrió la boca y ella levantó una mano para que la dejase continuar.

–Escúchame –le pidió–. Así tendrás una esposa y un hijo... pero sin tener que soportarme a mí. Ya sabes que a mí el protocolo no se me da bien. Le he dicho a los empleados que tú me has ordenado venir aquí. Todo el mundo pensará que lo has hecho porque te avergüenzas de mí.

Se ruborizó solo de pensar en todas las veces que se había equivocado.

–Aquí no te avergonzarás de mí. Y podrás tener amantes. Me parece la mejor solución.

Aunque era mentira. Vivir en Zahrat, tan cerca de Idris, sería una tortura. No obstante, lo iba a hacer por Dawud.

Idris la miró fijamente a los ojos.

—Es la segunda vez que hablas de mis amantes. ¿Por qué te interesa tanto el tema? ¿Te da miedo que sean una mala influencia para Dawud?

—Me prometiste que serías discreto y que no estarías con ellas delante de Dawud —replicó Arden, furiosa—. Idris, tenemos que admitir que esto no funciona. Has hecho todo lo posible. Te has casado conmigo y has aceptado a Dawud como hijo legítimo. Has defendido tu honor.

Idris la miró fijamente. Tenía delante a una mujer nerviosa, desafiante, que se parecía a su bella esposa, pero que no podía ser ella. Su esposa se había pasado la noche suspirando, complacida, mientras él le hacía el amor.

Y después se había hecho un ovillo contra su cuerpo. Idris se había acostumbrado a dormir así.

Y se había acostumbrado a saludar al alba haciéndole el amor, compartiendo un baño o una ducha con ella. Se había acostumbrado a charlar con ella después de los eventos oficiales, a intercambiar impresiones. Y a desayunar con ella y con Dawud. Se había sentido orgulloso de sus avances, y de cómo hablaba su idioma. Se había reído con ella por cosas que jamás había podido compartir con otras personas, y le encantaba relajarse con ella.

En los últimos meses se había convertido en una esposa de verdad.

¿Cómo era posible que todo hubiese salido mal?

¿Por qué le había hecho Arden aquello?

Se acercó más a ella y le gustó ver que se encogía y se apoyaba en la pared.

—¡Mi honor! Como si de eso se tratase este matrimonio —replicó, intentando controlarse para no gritar y despertar a Dawud—. ¿Y qué hay de nosotros, Arden? ¿Y de Dawud?

Se inclinó sobre ella, que apoyó la cabeza en la pared. Ya no parecía asustada, sino más bien agotada.

No le gustó verla así.

—Por eso pienso que lo mejor para Dawud es que no crezca viendo como nuestro matrimonio se desintegra. Es mejor que rompamos ahora de manera amistosa y que lleguemos a un acuerdo que le permita crecer con los dos.

—Estás mintiendo. Lo que estás haciendo... No lo haces por Dawud. Esto... tiene que ver contigo y conmigo.

Ella se lo confirmó al apartar la vista.

—Lo de que me avergüenzo de ti es otra mentira. Estoy orgulloso por cómo te has adaptado. Tienes un talento especial para hacer que la gente se sienta cómoda, bienvenida. Te gusta la gente, te interesas por ella y eso se nota.

—Pero...

—Pero nada. Sabes que es cierto. Te he dicho muchas veces que eres maravillosa. Te has adaptado muy rápidamente y ya te has ganado el corazón de la mitad de los niños del país y de sus padres. Solo te queda la otra mitad.

Idris no podía evitar pensar que el hecho de que Arden se hubiese marchado no tenía sentido.

No entendía qué era lo que le preocupaba.

¿Que viese a otras mujeres?

Era evidente que eso le importaba. Lo contario lo habría indignado.

Él también quería ser el único hombre de su vida.

Sintió calor al darse cuenta de lo que ocurría.

—Mis amantes —repitió lentamente—. No quieres estar cerca de mis amantes.

Se le aceleró el corazón y le costó respirar.

—Prometiste que serías discreto, que ni Dawud ni yo las veríamos —dijo ella.

Y él se preguntó para qué iba a querer a otra mujer, teniendo a Arden.

Era absurdo.

—Un hombre de honor tiene que cumplir con su palabra —añadió Arden.

Idris tomó la mano de Arden y la apoyó en su pecho, para que notase cómo le latía el corazón.

—¿Lo sientes? —le preguntó—. Es lo que me ocurre cuando estoy contigo Arden.

—Lo que te pasa es que estás enfadado.

—Enfadado, no. Furioso. Estaba furioso, pero ya no.

No obstante, su corazón seguía desbocado. Estaba sintiendo al mismo tiempo algo increíble y algo que le daba mucho miedo.

Tragó saliva.

—Me da igual, Idris. Déjame.

Él levantó la otra mano y le acarició la mejilla. Cerró los ojos y respiró hondo.

—No habrá otras mujeres.

—¿Qué?

—Que no habrá otras mujeres. Nunca he pensado en tener otra amante.

—Pero si...

—Yo nunca dije que habría otras mujeres. Ya sabía que no querría estar con nadie más.

Ella apretó los labios.

—Lo dices porque quieres hacer que cambie de opinión, pero no voy a hacerlo. Me da igual que tengas todo un harén.

—Pero a mí no me da igual. No podría.

La miró a los ojos y supo que tenía que decirle la verdad, aunque estuviese equivocado acerca de los sentimientos de Arden.

—¿No me vas a preguntar por qué no podría tener otra amante?

Ella parpadeó y apartó la vista. Idris notó que temblaba y se le encogió el pecho.

—No me hagas esto, Idris. No...

—No podría tener a otra mujer en mi cama porque solo quiero tener a una. En mi cama y en mi vida. Y eres tú, Arden. Te quiero, *habibti*. Te he querido desde el principio, aunque no me diese cuenta. Me marché de Santorini porque tenía que cumplir con mi deber, pero no te olvidé.

—¿Idris? ¿No me estarás diciendo todo esto porque...?

—Te lo estoy diciendo porque es la verdad, Arden. Te quiero. Haces que me sienta completo.

Se arrodilló ante ella y tomó sus manos.

—No me parecía posible. Los hombres de mi familia no se enamoraban. Salvo el rey Dawud, mi abuelo, que adoró a mi abuela hasta el día de su muerte. Por eso yo no podía creerme que estuviese enamorado, pero ahora lo sé, y voy a convencerte a ti también.

Si ella se lo permitía.

A Arden se le llenaron los ojos de lágrimas, se le encogió el corazón.

Pero se dejó caer de rodillas al suelo y lo agarró con fuerza.

Luego tomó su mano y se la besó.

–Te amo, Idris –le dijo, llorando de felicidad–. Ya te amaba en Santorini, e incluso te amé durante los años que estuvimos separados. Siempre te he amado.

Él suspiró.

–En ese caso, es recíproco. Y yo te querré hasta que me muera, y más allá.

A Arden le brillaron los ojos, sonrió e Idris supo que estaba en casa.

–Tengo una sugerencia.

Arden miró la cama que tenía detrás y él se echó a reír.

–En realidad iba a sugerirte que viniésemos a vivir aquí, Dawud, tú y yo.

–¿De verdad? Pero si tú tienes que estar en el Palacio de Oro. Todas tus responsabilidades oficiales...

–Nuestras responsabilidades oficiales –la corrigió–. Te propongo que nos quedemos allí durante la semana, y que hagamos lo que se espera de un jeque y su esposa. Y que los fines de semana vengamos aquí y seamos simplemente una familia.

–¿Podemos hacer eso? ¿De verdad?

–Podemos hacerlo. Vamos a hacerlo.

Ella sonrió.

–Es perfecto.

Y no pudo decir más porque Idris la besó apasionadamente. Fue un beso de amor. Un beso que prometía un futuro juntos.

Bianca

Era la novia más apropiada para el siciliano...

Hope Bishop se queda atónita cuando el atractivo magnate siciliano Luciano di Valerio le propone matrimonio. Criada por su adinerado pero distante abuelo, ella está acostumbrada a vivir en un segundo plano, ignorada.

Pero las sensuales artes amatorias de Luciano la hacen sentirse más viva que nunca. Hope se enamora de su esposo y es enormemente feliz... ¡hasta que descubre que Luciano se ha casado con ella por conveniencia!

UN AMOR SICILIANO

LUCY MONROE

Acepte 2 de nuestras mejores novelas de amor GRATIS

¡Y reciba un regalo sorpresa!

Oferta especial de tiempo limitado

Rellene el cupón y envíelo a

Harlequin Reader Service®
3010 Walden Ave.
P.O. Box 1867
Buffalo, N.Y. 14240-1867

¡Si! Por favor, envíenme 2 novelas de amor de Harlequin (1 Bianca® y 1 Deseo®) gratis, más el regalo sorpresa. Luego remítanme 4 novelas nuevas todos los meses, las cuales recibiré mucho antes de que aparezcan en librerías, y factúrenme al bajo precio de $3,24 cada una, más $0,25 por envío e impuesto de ventas, si corresponde*. Este es el precio total, y es un ahorro de casi el 20% sobre el precio de portada. !Una oferta excelente! Entiendo que el hecho de aceptar estos libros y el regalo no me obliga en forma alguna a la compra de libros adicionales. Y también que puedo devolver cualquier envío y cancelar en cualquier momento. Aún si decido no comprar ningún otro libro de Harlequin, los 2 libros gratis y el regalo sorpresa son míos para siempre.

416 LBN DU7N

Nombre y apellido	(Por favor, letra de molde)	
Dirección	Apartamento No.	
Ciudad	Estado	Zona postal

Esta oferta se limita a un pedido por hogar y no está disponible para los subscriptores actuales de Deseo® y Bianca®.
*Los términos y precios quedan sujetos a cambios sin aviso previo.
Impuestos de ventas aplican en N.Y.

SPN-03   ©2003 Harlequin Enterprises Limited

Deseo

Un cambio de planes
Sarah M. Anderson

Ocuparse de su sobrina huér-
fana era algo para lo que Nate
Longmire, un magnate de la in-
formática, no estaba preparado.
Por suerte para él, la joven Trish
Hunter tenía un don para los niños, y había accedido a trabajar
de niñera para él durante un mes,
hasta que encontrase a alguien
que la sustituyera.

El problema era que, aunque
él le había dado su palabra de
que no habría sexo entre ellos,
la atracción que sentía por ella
era demasiado fuerte.

Trish, por su parte, había acce-
dido a ayudarle porque él le había prometido que donaría
una gran suma a su asociación benéfica. Enamorarse de
él y encariñarse con su adorable sobrina no entraba en
sus planes.

Cuando terminase el mes...
¿sería capaz de alejarse de ellos, sin más?

**Le había ofrecido un millón de dólares
por una noche...**

Fingir querer a Gabriel Santos debería ser fácil para Laura Parker. Al fin y al cabo, era tremendamente guapo, solo se trataba de una noche y él le había ofrecido un millón de dólares.

Sin embargo, había tres cosas que tener en cuenta:

1. Ellos dos ya habían pasado una noche inolvidable en Río.

2. Laura estaba enamorada de Gabriel desde entonces.

3. Gabriel no quería hijos, pero no sabía que era el padre del niño de Laura.

NOCHE DE AMOR EN RÍO

JENNIE LUCAS

5